每個人心中都有一座島嶼，

藉文字呼息而靜謐，

Island，我們心靈的岸。

一個人的微湖閘

魏微 | 著

獻給我的爺爺奶奶

【推薦序】青梅竹馬的記憶

范立達（媒體人）

長大之後，我有時會回想，打從出娘胎起，我腦中的記憶體就開始運轉了嗎？還是說，那必須經過一段時間的啟蒙，等到有了智識、懂了語言，才接著能夠擁有記憶？若是如此，那麼，一個人的記憶是從幾歲才開始？五歲的時候，自己做過什麼？看過什麼？想過什麼？那些記憶，是否仍然歷歷在目？現在的我，是否還依然記得？

這問題很難回答。對於自己的五歲，最清楚的記憶，大概就是在幼稚園裡，突然被老師叫到前台，要我唱歌給其他小朋友聽。記得，倉皇無措的我，傻愣愣的看著老師踩著風琴。當前奏結束，到了起唱點時，我突然雙腿一軟，就這麼一屁股坐在地上，接著，就是「哇！」的一聲放聲大哭。再接下來的記憶，就是姊姊陪著哭哭啼啼的我回家，一見到娘的面，大姊就開始努力的訕笑、告狀，似乎恨不得全家人都知道我在幼稚園發生的糗事。

這就是我的五歲，膽小、怯懦、蒼白。

可是，五歲的孩子是不是真的什麼都不懂？是不是除了吃、喝、拉、撒、哭之外，什麼都沒有？似乎也不盡然。殘存的印象中，依稀能夠記得，傍晚，鄰家叔叔在院子裡乘涼時，常常會順勢把手從他老婆背面衣服的下襬中探進去，再往上鑽，直到摸到肩胛骨的位置，然後再上下擺動、來回游走。我能記得，那時，鄰家叔叔和他老婆臉上的表情，總是甜甜蜜蜜、帶點滿足，又帶點偷偷摸摸的喜悅。

小時候的自己不明白那是怎麼一回事，但是，他們臉上幸福的表情看得懂，自己的心情，也就因此跟著開心起來。

所以，誰能說小孩子一定是個二愣子，啥都不懂呢？

我想，拿小孩子和大人相比，最大的差別僅在於，不同的年紀，關心的事情不一樣，記得的材料也不相同，因此，能拿來咀嚼、解讀的範圍，自也不同。但設若一個早熟的孩子，在小小年紀就有了大人般的記憶與觀察，那麼，他所能體悟到的世界，是不是也就個精采萬分的故事？

本書描寫的場景，絕大部分，就是一個五歲的小女娃「小蕙子」所觀察到的世界。這種回憶的敘事方式，那種掙扎於一種喚不回的焦慮，很容易讓人聯想起章詒和的《往事並不如煙》，不同的地方在於，「小蕙子」的世界沒有那麼偉大，她更貼近我們常人，很容易就喚起我們的記憶，讓我們回想起，是呀！我們的孩提時代，也就是那麼過的。那是一個父母因為忙於工作，而在自己生命中缺席，由爺爺、奶奶及鄰居們代為補滿的世界。五歲的她，過度的早熟，看得懂同齡小孩的自慰，知道大人世界中的情與愛。而她自己，對於這個世界、對於鄰居的大哥哥們、對於爺爺奶奶們，也有愛。

共鳴，往往就是由此而生。

書中值得一提的，是愛情。

作者對於愛情的描寫，總是細細的、淡淡的，但卻又分外深刻。那種透澈，會讓人懷疑，如果不是自己曾經走過一段刻骨銘心，怎能有如此的體會？信手抄錄一段書中的文字：

「那一年她才二十歲，正是一個姑娘把愛情當作生命的年歲。她是把我叔叔當成命去愛的，總也愛不夠，什麼都不足惜。」

「他是她的初戀。他曾經是她身體的一部分，就像她的牙齒，她的呼吸，她的四肢和手指頭。他是她的習慣。少了他，她身體的每一部分都會疼痛；少了他，她還能活下去，可是很勉強，懶惰，她活得費力，自暴自棄。」

會不會有可能，在那個小小的年紀裡，自己也曾像「小蕙子」一般，偷偷的愛上某個不能言說的大人？而那種愛，或許生澀、稚嫩，或許也不分性別，但以當時的年紀感受，就是一股巨大的愛，就是一種強烈到無以復加的情緒。但這種情緒，一旦隨著時間的流逝，就像作者說的，「感覺到一種東西，它走了，它再也不會回來了。」

你我，都不會處理這種情緒，只能任它消逝。而本書作者，卻在成長之後的日子裡，努力的回想它、捕捉它、記憶它、書寫它。從而，讓每個人小小的童年又再度鮮活起來。而被喚醒的童年，絕不像童書中寫得那麼天真、無邪、可愛與無知。它還是飽嘗了人生的喜怒哀樂與辛酸。只是，幼時不懂體會的情緒，如今一旦被喚醒，滋味全都來了。這，或許也是對自己童年歲月的一段補白吧！

只是，讓讀者們都回去體會那段早熟的稚年，會不會太殘忍了些呢？看完書後，相信每個人都自有評斷吧！

一個人的微湖閘

目錄

楔子

那時候，我們住在微湖閘，我，爺爺，還有奶奶。我們住在水邊，一個機關大院裡，過著幸福而枯燥的日常生活。

我在那兒度過了我的童年，一直到一九七八年，我才被父母接到身邊，在我母親執教的小學讀一年級。我想說，我在微湖閘度過了幸福、平靜的童年。一定如此。現在，當我回憶起那段時光，當記憶的閘門開始打開的時候，一些斷斷續續的場景，一些不相干的小人物，一些名字，一些根本派不上用場的細節又重新回到了我的腦海裡。

我將儘可能忠實地去記述它們，那些平行的、互不相干的人物，事件，場景，一些聲音，某種氣味，天氣如何……是的，我要去描述它們，也許它們過於瑣屑，沒有邏輯，它們就像午夜的收音機，各自打開了，各自有不同的聲音和話語體系，各自喜悅著，悲傷著，控訴著，可是未見得有多大意義。

其實，我想記述的是那些沉澱在時間深處的日常生活。它們是那樣的生動活潑，它們具有某種強大的真實，它們自身不帶有任何感情色彩，它們態度端凝，因而顯得冷靜和中性。當時間的洪流把我們一點點地推向深處、更深處，當世間的萬物——生命，情感，事件——一切的一切，都在一點點地墮落、衰竭，走向終處，總還有一些東西，它們留在了時間之外。

它們是日常生活。它們曾經和生命共沈浮，生命消亡了，它們脫離了出來，附身於新的生命，重新開始。

遠古洪荒，一代又一代的生命、生活，就止於這些吧。

首先，我來說一下微湖閘的地理位置，它位於江淮之間，運河也曾流經這裡；總之，這裡三面環水，風景秀美。在我們的門前，有一條寬敞的柏油馬路，是東西走向的，連接清江市和省城南京。

每天，有很多車輛從我們的門前駛過，它們飛馳而過，發出呼嘯的聲音；在它們的身後，瀝青的馬路發著清冷的光，沒有一絲灰塵。

馬路邊上，有一家小飯店，還有一家供銷社。另外有一條北向的土路，通往一個鄉鎮叫趙集的，騎自行車大約要走四十分鐘的路程。

這裡離城市也很遠。到清江市吧，大約要有四五十分鐘的車程；到南京市呢，我不知道，我聽爺爺說，大約要走三個小時。總之，就是這樣的一個地方，它叫微湖閘，它的全稱叫微湖閘水利管理所，也許是研究所，我們都叫它「微湖閘」。

它是這樣的孤獨而秀美，方圓幾十里地看不見人家，在它的南向，有一大片梯田，蜿蜒而下，那些人家都藏在梯田的深處嗎？

此外，就是那寬廣而浩淼的水域，它是一條河流，也許是一個湖泊——我叫不上它的名字。陰天的時候，這裡煙波蕩漾，偶爾有水鷗從水面上掠過，發出嘎嘎低沈的叫聲。晴天的時候，這裡又是另一番景象了，空氣呈現透明的顏色，陽光透過空氣，可以折射到水的深處，那綠色的水草上。

每年春夏，照例有漁船來此地停泊，七八戶人家，十幾條漁船，他們以捕魚為生，一待就是半年。他們深居簡出，絕少和本地人來往，他們大部分時間都在水上度過，偶爾也會上岸來，買些布匹和紙菸等日常用品。

他們都是一些極淳樸的人兒，在路上看見生人了，主動閃在一邊，也不搭話，眼睛待看不看的，也一直微笑著。四五十歲的人了，歷盡生活的磨難和滄桑，什麼事情沒經歷過？可一旦上了岸，他們的神情仍是生澀的，像剛過門的小媳婦。

那是再自然不過的了。他們與水為生，隨著季節的轉換，他們從一條河流漂泊到另一條河流。他們與水融為一體了。有時候，他們很像水中的一條魚，失去了水，也就等於失去了自由和呼吸。

他們的衣著，也有著長期水上生活的標識，很簡樸，甚至有些破舊。男人們喜歡把褲腿捲到膝蓋上，抽著旱菸，靜靜地坐在船尾；女人們呢，穿著也是極簡樸素儉的，有的甚至打上了補釘。偶爾她們也會戴上斗笠，隨男人一起出航打魚，她們的影子掉落到河裡去了，長長的影子浮在水面上就像一條鰛魚。

最快樂的還是那些孩子們，他們懵懂無知，世事的艱難在他們身上還沒有留下痕跡。也許很多年後，他們也像他們的父輩一樣，在這水天之間了卻殘生；他們將備嘗生活艱辛，日復一日，月復一月，年復一年，他們漸漸地老了，麻鈍了……可是在某個不經意的瞬間裡，就像閃電一樣，也會有生的喜悅和歡娛，從他們身邊輕輕地擦過了。

那些孩子們，常常快樂地嬉戲著。他們赤身裸體，從一條船上跳到另一條船上，他們身手敏捷，光潔而黝黑的身體在太陽底下閃著光。有時候，他們也會在太陽底下瞇縫著眼睛，非常認真地，在空氣裡靜默地站了一會兒，他們的眼前全是金的光芒。

他們大多水性很好，在跳水的那一瞬間，會做各種怪異動作，張牙舞爪的，尖叫的，呻吟的，在身體與水面接觸的那瞬間裡，也會有清涼和溫柔的快感吧？

那時候，他們中的一些人，半大不小的孩子了，還有梳著辮子的，光光的頭，單只在頸後留了一根小尾巴，用紅頭繩紮起來。他們大多是些獨生子，也許是幾代單傳，梳辮子是為了「避邪」——這在當年的江淮一帶是很流行的。

總之，他們的存在成了微湖閘風景的一部分，他們是自然之子，他們身上作為「人」的那部分東西暫且不表，他們構成了微湖閘一道極生動而幽遠的背景。

總是在清晨，或者是傍晚，我們就能看見炊煙從水面上升起了，青色的煙，薄如蟬翼，幾近空無。有時候，漁娘們佝僂著腰從船艙裡探出頭來，蓬頭垢面的，眼角邊有煙火的痕跡；她們探出頭來——也許只為探出頭來，非常空茫地，她們看見了水天交接處那恍惚的光與影。她們瞇縫著眼睛，在某個瞬間裡，自己也不自覺地，拿手在圍裙裡擦了擦，又彎腰進艙做飯了。

在不遠處的水面上，她們的男人也回家了，他們盤腿坐在船尾，抽著旱菸。他們的眼睛直看到水的深處去了。在水面上，太陽的光圈一浪一浪地湧過來，看得久了，頭也會暈吧？他們在想些什麼呢？在很多年前的那個清晨，出航歸來，兩手空空，這已經不是第一次了，在他們身後的魚網裡，只有幾隻小蝦蟹，還有一些水草。

他們靜靜地坐在船尾，拿菸斗叩叩地磕著船板，想起了艱難的生計，竟笑了起來。是啊，他們竟笑了起來，也許他們自己也沒有察覺。一開始，他們想起了生計，後來呢，到底是人生裡那些不相干的小事情，一個萍水相逢的女人，一個手勢，一點溫情；也許呢，是他那蹣跚學步的小兒子，他那肥嘟嘟的臉，他會叫「爸爸」和「媽媽」了……到底是這些東西，在某個正大而端莊的時刻，襲擊了他，擊垮了他，使他的身心一陣微微的感動和牽痛。……

過了一個春天又一個秋天，落葉快凋零的時候，他們也要離開了。他們將順流而下，就像浮萍一樣，一直漂流到南方……

很多年後，我還能想起他們，想起那些孩子們，他們與我們作別的那個晌午。他們的小辮子在陽光底下顯得格外醒日。我和他們站在岸邊，也不太說話，也很平靜，可是到底是依依不捨的。才剛認識不久，也曾作過簡單的交流。他們的母親彎下身來和我們說話；她是笑著說的，她說，開春了還是要回來的，每年都是要回來的。

是啊，每年都是要回來的，七八戶人家，十幾條漁船，可是回來的是另一些人，也有孩子，都是窮人。……現在，那些人在哪兒呢？

chapter 1 · 楊嬸

那時候，我們傍河而居，我們的水利大院龐大而繁雜，那裡頭有醫院，職工食堂；有農場，燈塔，還有燈塔的看守人。總之，那裡頭的世界是完整的，人民安居樂業，閒適而滿足，極好地象徵了那個時代。

在我們的院門口，還有一個車站，兩間尖屋頂的紅房子，靜靜地立在路邊。每天，從這小站經過的車輛不計其數，有的飛馳而過，有的也會停下來，從車上走下來一些風塵僕僕的乘客，他們來看看微湖閘，或有在這裡吃上一頓飯，在供銷社買一些物品，又繼續前行了。還有的人呢，將在這裡轉換班車趕往趙集。

微湖閘的人前往清江市和南京市的，也將在這裡搭車。

楊站長家就住在車站的後頭，是一個精緻幽靜的院子。院子的後門連著水利大院的側門，進出很是方便。

楊站長四十多歲，戴著金絲邊框眼鏡，是個高挑、秀儒的中年男人。他的妻子，我們都叫她楊嬸，那一年也有四十了吧？她小巧，白皙，豐腴，年輕的時候大約也是個美人。如今，畢竟是上了年紀了，眼角有細細的皺紋。可是當她穿上家常的乾淨衣衫，比如那件青灰色的苧布襯衫，極普通的對襟式樣，精緻的盤釦，也不太有腰身——當她穿上這樣的衣衫走在微湖閘的林蔭道上，她遠遠地走過來了，她的一雙眼睛在太陽底下細細地眯縫著，她笑了——看見熟人，她大抵有這樣的笑容。她親熱地和人打著招呼，拉著人家的手，摸摸孩子的頭，誰又能說她不是一個有韻味的婦人呢？

她天生是這樣的女人，她融入到日常生活裡去了，可是她又能從日常裡站出來，漸漸地凸現……很多年後，我仍能記得她的面容，那樣的鮮活。就是現在，她還站在時間之巔，她的身後是二十多年前的街道和人流，某天下午的風塵，一些痛苦……這些曾和她處於同一時空之下的物件和情感，在很多年後的今天，已經沈了下去，只有她，依舊還在那兒，並且越來越清晰。

總之，她就是日常生活本身，她的存在是那樣的結實和地道，沒有任何不同之處。我猜想，在每個時代，在千萬年以前，或者千萬年以後，這樣的女人都大量地存在著。她們是那樣的普通，融入人群裡，很快就會被淹沒了。然而，也許正是這樣的女人，在時間的深處，有一天，她們會冷不防地站起來……誰知道呢？也許正是因為她們，時間在那一刻凝固了，那些曾經流逝掉的日常生活，也因為她們而存活了下來。

——這個中年女人，時間在她身上留下的痕跡，那樣的適時，既不比別人來得更早，也不更晚。看得出來，對於時間，她已經很服從了，她很安心自己的年齡和身分。這只要從她的衣著和神態上就看出來了。在衣著上，她已經很保守了，大一統的樣式，長大的，寬懷的，年輕時對於色彩的追求大約已經過去了。現在，對於服裝，也許她更喜歡暗淡一些的，深灰的，老藍的，做工精緻一點的。她對於一些極細微的地方，比如領口和袖子，是極講究的。只會在這些地方，偶爾她會露出一點不老實。

在做人的姿態上，她也是篤定的，安閒的。她是有角色感的女人了，為人妻，為人母，她在她的角色裡沈醉了下去，最後只剩下角色本身。

總之，我們可以想像得出，楊嬸這樣的女人。她是那樣的質樸，通情達理，會持家。她是站長的夫人，一個體面的主婦，四個孩子的母親。各種美好的品質，善良，能幹，寬容，親和力，在她身上得到了完美的統一。

這時候，我們就會看到，安定和幸福怎樣有力地影響著一個女人。這個養尊處優的女人，她自信，樂於助人，她所到之處，便會把愉悅的、安閒的氣氛帶給大家。她沈沈地坐在那兒，也許只是拉扯些家常，或者織件毛衣，一切便會顯得和平而悠長，像我們一生中的無數個下午，一點一滴的，很漫長。

她也喜歡串門，常常是在午睡以後，她穿過長長的林蔭道，向院子的深處走來了。也許她只是路過，外出買點東西，經過一家人的門口，看見門框裡坐著一個老太太，戴著老花眼鏡，正靜靜地做著針線活。她的腳底下放著針線匾子。下午兩三點鐘的陽光跳到她的針線匾子裡去了。

這時候，楊嬸就會走上前來，在老太太的身旁蹲了下來。下午的陽光是這樣的悠長，緩慢，悠長，像長長的一生。兩個人就這樣坐著，閒閒地說著話。老太太放下手中的針線活，摘下老花眼鏡，說起自己的老腰病又犯了；楊嬸呢，把針線匾子擱在自己的膝蓋上，身體整個伏在針線匾子上了。在她們的周圍，還有一些梧桐的影子，一片一片的，靜靜地落在她們的衣衫上，腳邊，手背上，眼睛上。

陽光是一寸寸地弱下去了，某個靜靜的瞬間裡，風從門框前吹過了，非常輕微的風，並沒有吹起落葉，倒像是陽光微微地跳了一下。

老太太把手搆到身後，輕輕地捶著；楊嬸便說起趙集有個名醫，得了治腰病的一個偏方，據說很靈。老太太攢眉笑道：「看了多少個中醫了，吃了一輩子的藥，就是不見好。我就說，這病怕就要帶到棺材裡去了。」

老太太新做了一件白府綢襯衫，短袖，對襟，楊嬸探過身去在前襟上只捏了一下，說道：「就是比『的確涼』好。軟，涼快，不沾皮子。」

老太太說：「箱子裡還有一塊料子，是去年秀英在南京剪的，藏青色的，我穿也不大合適，放著也是放著，不如你拿過去做件衣裳吧。」

楊嬸客氣地推辭了。

老太太笑道：「這有什麼呢？將來你有好衣料，再還一份給我好了。我要是看見合適的，說不定也張口向你要呢！我做得出來的。」

楊嬸只是笑。

楊嬸自己有一塊布料，也叫不上名目，大概是混紡的，壓在箱底很多年了，一直想做件斜襟褂子，寬袖，立領，盤釦；想了很多年，一直也不敢。

老太太說：「你這個年紀正是穿衣服的時候——」她看著楊嬸，笑道，「我年輕時候膽子可大了，什麼衣服都敢穿的。現在是不行了。」

楊嬸靜靜地坐在那兒，拿手抿了抿頭髮。有一瞬間，她的眼睛是看到陽光的深處去了，她微笑了起來——很多年後，我還能記得那一刻她的神情，那樣的安靜，祥和。她在想些什麼呢？也許想起了遙遠的往事，或者呢，還在想著那件今生也穿不成的衣服。

我確實能記得那一刻，楊嬸，我奶奶，在很多年前的那個午後，坐在門框裡，有一搭無一搭說話的情景。她們說著生計，穿的，吃的，用的，也包括男人和孩子，也包括女人，他們之間的某種關係，情感的，倫理的，道德的……一些細節。總之，是女人之間常見的那種閨閣閒談，漫山遍野，順手拈來。

有時候，她們也長長地沈默著，在那初秋的午後，人們都睡著了。她們靜靜地坐著，彷彿也倦了。思緒很紊亂，到處都是。腦子裡有金色的陽光，一點點地往下墜著，墜著。她們聽見了彼此的呼吸聲，還有風聲。針透過黑色的燈芯絨鞋幫，一不小心扎進了手掌裡，這才一激靈，醒了過來。

只有當說起一些特定的話題，比如服裝，飲食，男女，她們才會充滿新的興趣。她們吃吃地說著，也沒有方向，也沒有邏輯，話與話之間是跳躍性的，片斷的，沒有連結。也沒有多大意義。說完也就完了，並不曾留下什麼。

可是，我們還能指望什麼呢？也許我們每個人都曾有過這樣的時刻，在我們空曠一生的某個下午，無數個下午，我們曾有過這樣的閒談，和幾個閨中女友，和一些老人孩子，我們的氣息從胸腔裡吐出來，和空氣發出微微的震顫，它成了聲音。

我們談的是人生裡最不重要的細節，吃穿用度，一些情懷。偶爾，我們的心思會在一些字眼上停留，比如一件衣服，一只鈕釦，袖子的式樣……誰說不是呢，這些都是極漫長人生的組成部分，它代表著人生裡溫軟、外在的那部分，說起它的時候，任是百歲老人也要動容吧？

總之，在那個昏黃的、日光遲遲的下午，那兩個女人，楊嬸，我奶奶，她們坐在一起，靜靜地說著話；也許她們再也不會想到，在她們那些瑣碎的、沒有見識的話裡，囊括了人生裡至關重要的一些東西：活著，以及活著的一些細節。在那短短的三兩個時辰裡，她們活了長長的一生。

楊嬸家是一個獨門獨戶的院子，四方形，院子的當中有一個小花圃，自生自滅開了許多小花，有喇叭花，雞冠花，還有牽牛花。夏秋的時候，月季也開了，月白的顏色，在窗戶底下，發出淡淡的清香。

葡萄呢，我記得也是有的。楊嬸家有一個葡萄架子，綠色的藤葉從架子上爬下來，在地上探起了頭。在有陽光的日子裡，便能看見葡萄葉的影子，一片一片的，在水泥地上鋪開了，很有點細細森森的感覺。

至今，想起楊嬸的時候，不知為什麼，仍能想起這些細碎的場景，他們家的院子，葡萄架子，陽光，還有屋裡的擺設，牆上掛的畫兒……都是一些極普通的場景和物件，然而在它的背後，我卻看到了一個活潑的、具有生命氣息的女子，她靜靜地存在著。

她的家很乾淨。屋子裡有古樸而笨重的家具：箱子，櫃子，穿衣鏡，桌子和椅子……總之，那是七○年代，我們能夠記起來的，在那個物質匱乏的年代裡，我們的日常生活的物件也就限於這些東西了，另外還有一些，比如自行車，縫紉機，手錶，鬧鐘，雅霜和百雀靈。

那時候，我們生活在這些物件之間，過著簡樸的生活。誰沒搽過雅霜和百雀靈？那拙樸的、溫暖的香氣一直長存在我們的記憶中；誰家的床頭櫃上沒有那八字腳的鬧鐘？它清脆的聲音震落了牆上的粉塵；還有那蝴蝶牌縫紉機……楊嬸就是用它來縫縫補補，做幾雙鞋墊，為她的兒子改製舊衣衫，還有她的女兒們，已經發育了，得趕早為她們縫製緊身胸衣了。

對於自行車，我也是有記憶的，我記得楊嬸家的自行車是永久牌的，碩大而笨重。常常去楊嬸家裡，看見楊站長一個人蹲在院子裡擦洗自行車，這個形象我一直記得，他佝僂著身體，把抹布用小手指頂著，伸到一個極細微的地方去了。

在他擦車的當兒，我就會坐在他的身旁，靜靜地看著。偶爾他也會側過頭來，和我說上一些話。他是個和藹的人，但是不善言辭。他的黑頭髮裡有一些白頭髮了。在太陽底下，他的影子蜷縮著，就像一隻貓。

我記得有一次，楊嬸坐在自行車的後座上，騎車的人是楊站長。我永遠記得那一幕，楊嬸端坐車後的樣子，她雙腿併攏，她的神態是那樣的安詳，就像年輕姑娘一樣。有時候，她也會把頭從楊站長的身後探出來，和熟人朋友打著招呼，沒說上幾句就笑起來，她的笑聲是那樣的明朗。

那時候，他們是多麼的恩愛呵！

也是因為這個緣故，我們都喜歡去楊嬸家裡串門。秋冬的晚上，夜漸漸地長了，吃完了飯，睡不著覺，我奶奶就說，走吧，去楊嬸家擦呱去——「擦呱」是江淮方言，也就是說閒話的意思。

我還能記得自己，那時候也不過才四五歲吧，穿著格子布的籠統的罩衫，方口布鞋，尼龍襪子，很安心地把自己的手放在奶奶的手掌裡，隨她一起去楊嬸家裡。我們穿過寬敞的林蔭道，路燈的光圈細細地照在我們身上。我低頭走路，看著自己的鞋和襪子，我覺得自己是傍氣而快樂的。

有時候也一個人去楊嬸家裡，是在大清早上，剛起床不久，有些怏怏的，所以我就跑到楊嬸家去了，倚著門框看著她。楊嬸正在梳洗，她從臉盆裡抬起頭來，滿臉的水珠子，她笑了。我想那一刻她真是很美的。她自己並不曉得，她身上的某種氣息是溫暖的，具有擴張性的，因為她的存在，附帶她周圍的空氣也通融了許多。

有時候，她也覺得奇怪，問我：「看我做什麼，我臉上有花嗎？」又說：「又是笑嘻嘻的，小孩子總有那麼多高興的事嗎？」

我還能記得那天清晨，我靜靜地倚在門邊，看著她周圍的一切；剛掃完了地，地上灑了水，空氣裡有灰塵的氣味，清冽又有些刺鼻。我深深地呼吸著，覺得很心滿意足了。

我喜歡楊嬸家裡的很多東西：清晨的院子，院門是洞開的，楊站長下早班了，從門口走進來；我聽見了他的咳嗽聲，還有沙沙的腳步聲。

客廳的五斗櫥上有一只白瓷鼓，裡面盛有我喜歡的糖果、桃酥、各種花色的小餅乾；在瓷鼓的周邊，繪有藍色的小古人，肥胖的，富裕的，快樂的——不大看得出來，然而細細地眯著眼睛，想必也是快樂的。

我記得她家有一只玻璃杯，方口，短而粗，質地很厚重。不知為什麼，多年以後總記得這只杯子，記得陽光照在杯子上，在桌布上打下了陰影。陽光也照在地上和牆壁上。下午的陽光是厚重的，讓人喘不過氣的；同時也是短促的，匆忙的；同時也是緩慢的、悠長的，給人今生今世、光陰的感覺。

很多年後，下午的陽光總讓我想起楊嬸，那空明的屋子裡，廣泛無限的時間，冷靜的物體，物體的影子，時鐘的點滴的聲音——楊嬸。

那時候，我還是個孩子，我不明白很多事情，包括楊嬸。我所看到的楊嬸，她是那樣的明亮，活潑，優雅，她的存在是那樣的結實和正大，她給我們帶來了很多豐盈的東西，那也許是一種氣息，也許呢，是某種溫暖的情感。

那時候，楊嬸已經四十多歲了。她再也不會知道，她身體裡還有另一個人，那時候，那個人還沒有出現，她蟄伏在她的身體裡，有一天，她醒了過來。

她是四個孩子的母親，溫良而端莊，她自己也計畫著，她要把他們撫養成人，給他們良好的教育，幫助他們成家立業；她要親自替三個女兒穿嫁衣，為最小的兒子迎娶新娘子……她揮揮手對我奶奶說，到那時候，我的任務就算完成了。

她計畫著要做新衣裳，關於布料、樣式和剪裁，已經和我奶奶商量好了。有時候，她也會自己畫樣子，在白紙上，用鉛筆仔細地勾勒出來。她的設計很好看，也很「不一樣」……然而當真做成衣服時，已經走樣了。她想著，總有一天吧，她膽子足夠大了，什麼都不在乎了，她可以做一件衣裳……誰說婦道人家就不可以穿得時髦一些呢？

那時候，她再也不會知道，她在人們心目中的位置，她代表了某種理想，本色的，溫暖的，生活化的；事實上也確實如此，她就是這樣的一個女人，她這樣去做了，她做得很舒坦。

在一個晴朗的午後——不知道很多年以後，她是否還能記得這個午後——她和鄰居家的一個小孩子坐在自家的客廳裡，她在為她梳辮子，一條一條細細的麻花辮，她把紅頭繩編進辮子裡。她搭訕著講了一些話，有的也不太重要，只是一些閒話。

下午的陽光照在屋子裡，有一些物體的影子落在她的褲腳邊。還有一只方口玻璃杯，短而粗，裡面盛了半杯水，靜靜的，清潔的，死的。屋子裡是那樣的明亮。時間一點點地走過了。在下午的陽光底下，一切都被放大了，天地，喘息聲，無聊感……很猙獰。

這一幕，楊嬸肯定不記得了；在她的前半生，她不會注意到這樣的情景，她的世界是那樣的完整，安全。她沒有任何危險。她在為我編辮子，她把手指插進我的頭髮裡去了。房間裡到處有她的氣息，溫暖的，輕盈的，實實在在的人的氣息。

她和我搭訕講了一些話，並不為什麼，有時候她也會笑出聲來。

她的四個孩子，那時候已經念中學了，在市一中，平時寄住在學校裡，只在週末和寒暑假回家。他們是好人家的孩子，聽話，溫順，老師給的操行評語從來都是「優」字。長相也好，也不是美，只是乾淨，優越，整齊，和平；總之，教養很好的樣子。還有他們的穿著，現在想來也很普通，不過是布衣布衫，夏天穿上淡雅的花布裙子，塑膠涼鞋，莊重一些的場合，還會在涼鞋裡套上一雙紗襪子。

他們的一身行頭是那樣的樸素，卻有身分感。他們的神情也是謙遜的，矜持的；最主要還是他們的氣質，那到底是一種什麼樣的東西呢？說不清楚，總之，就是這樣的一種東西，使得他們與周圍庸常的孩子區別了開來。我奶奶常說，楊家的孩子就是洋氣，不是穿出來的，乍一看也看不出來，是天長日久，慢慢感覺出來的。

他們也和其他的孩子玩耍，說說悄悄話，談談理想和人生，他們似乎有許多苦惱，為一些空洞的東西能沈默了半天。總之，進入青春期了，世界一下子開闊了許多。他們的神情始終是淡淡的，坦蕩的。

四個孩子中，我印象最深的是老大和老三，老大眉清目秀的，皮膚白，五官精緻勻稱；她是典型的鄰家少女，文靜，親切，俐落，那一年她也有十七歲了吧？

老三呢，她是個小胖子，肌膚微豐，骨肉瑩潤，很有點薛寶釵的風韻；她是個懵懵懂懂的女孩子，也有十四歲了，卻和五歲的我玩得最好。她時常帶我去田野裡，採摘野花野草，碰到野果子，自己先吃起來，吃飽了才想起叫我吃。

她喜歡坐在售票窗口，學她母親的樣子——楊嬸也在車站工作，負責售票驗票——常常地，她把頭從窗戶裡探出來，東張西望的。逢著客車進站了，或者有人來買票了，她便一路飛奔回家，大呼小叫喊著媽媽。有時候，她把驗票手冊放在手臂上，用胸脯抵著，很職業化地略微沈吟一下，拿鉛筆在手冊上劃了一槓。這個動作她私下裡常常練習著。

逢著寒暑假，楊家便人聲鼎沸，熱鬧非凡。楊嬸常常抱怨道：「吵死了，所有的東西都不歸槽道，巴不得他們立馬就開學。」她輕輕皺著眉頭，隔了一會兒，自己先笑起來，她大約也知道，她這話裡軟弱的、幸福的口氣。

為了打發孩子們，她組織他們賣茶水。在車站後門的一棵老槐樹底下，擺了一張桌子，幾張條凳；白開水一分錢一杯，茶水二分錢一杯；路人要是不喝水，也可以在這兒坐上一會兒，不收錢的。茶水攤只堅持了兩天，因為沒有顧客，就草草收場了。很多年後，我一直記得這情景，因為這裡頭有一種很鮮活的、市井的感覺。

我和老三坐在樹底下（其他的孩子不屑賣茶），眼巴巴地看著過往的行人；有時候，我們自己也喝茶，手裡搖著錢罐子，聽裡面的鉛幣發出鏗鏘的聲音。楊嬸呢，她站在不遠處的一個拐角，正和幾個婦女說著什麼；她雙臂交叉，抱在胸前，不時側頭看我們，很篤定地，她微笑了。我以為她這微笑是很狡黠的。

總之，楊嬸把母親做得很生動，她陶然自得，也很享受。她教孩子們最基本的生活常識，衣食住行，做事的分寸感，說話的語調，一個眼神和手勢。她告訴他們生活的艱辛，以及對付艱辛的達觀的態度。她說：「摔倒了不怕，人的一生中誰不摔跟頭？但是摔倒了得爬起來，撣撣身上的灰塵，把血漬擦掉，還要繼續走路。」

她又說：「假如有一天，我和爸爸，還有你們身邊所有的親人都離開了，那該怎麼辦呢？到那時候，傷心已經沒用處了，那你們也只會擦乾眼淚，像現在一樣活著。」

她說這話時有一種很沈凝的態度，聲音很蒼老；又像是自己身外的另一個人在說話，能夠撇開自身的一切情感，說得很輕快。她坐在門洞裡剝毛豆，時間長了，指甲掙得有些疼，她把手指放在嘴邊，輕輕地咬著，吹著氣。她笑了起來。

有一次，她帶我去市一中，去看她的女兒們。我們走進了一間宿舍，裡面沒有人。楊嬸指著其中的一張上鋪，對我說：「這是你大姐姐的床。」她微微皺著眉頭，很難為情似地看著我，笑道，「被子都不疊！」

她幫女兒疊了被子，就像在自家一樣，拿起掃帚掃了地，又灑了水，這才帶著我離開。

很簡單的一件小事，任何一個母親在這種場合，都可能做到的一件事情，很多年以後，我想起來的時候，仍感恩在心。

在她和兒女們的相處中，還有一些細節，我也記得很清楚。比如有一次，她的小兒子，不知為什麼，一路發著脾氣，哭著朝她走過來；她倚在門邊，大約剛吃完午飯，拿小手指去摳牙縫裡的菜葉。她微笑著看兒子，也學他的樣子微微合上嘴巴，掛著眼睛，像有許多委屈似的。偶爾，她也會側過頭來，朝我們擠擠眼睛；趁他不注意的間歇，她又剔牙去了。

有時候她也會撒嬌，模仿她的兒女們，自己先笑起來。她沈浸到某種親和友善的氛圍裡去了。她做母親做得這樣愉悅，照我說，已經超脫了諸如愛，無私，奉獻等抽象的詞語。我只是看到了一個女人，她如此生趣、恰當地表達她的感情，對於她的孩子們，她的男人，她的家庭，她是如此的生機勃勃。

她把一切都做到了細處，她在她的世界裡是歡騰的，無所不能的。她的觸鬚直指物體的深處，某個細部。它們曲徑通幽，別有洞天。枯燥的日常生活在她的染指之下，竟變得如此的遼闊，生動，細微。

還有她的四個孩子，那時候，他們還是少年，他們有著蒼白的額，細細的胳膊，他們說話聲音輕輕的，有時候也會躺倒在床上，爆發出爽朗的笑聲。他們有很多煩愁嗎？小布爾喬亞式的，關於愛情和生活，還有很多空泛的理想。對於未來，他們大約看不到更遠的地方，誰知道呢？

在母親的悉心照顧之下，他們度過了童年和少年。暖色調的，太陽黃黃的感覺。太陽快要掉下來了，陽光很重，壓得人抬不起眼皮了。一切都很緩慢，……他們等不及地要長大。

在那成長的過程中，他們大約也感覺不到母親這個人的存在，只知道她是個女人，很含糊，有時也很具體，她的身上有暖香。有她在的場合裡，他們覺得溫暖。那時候，他們並不以為這是幸福。

很多年後，當他們回憶的時候——也許他們極少回憶，可是在某個日光沈沈的下午，或者一個人的深夜裡，非常不小心地，他們的心思在這段時間上停留了一會兒，那時候，他們該怎麼辦呢？——他們將如何去回憶呢？

chapter2・

一個時代的背影

很多年前，我們都喜歡串門，尤其是在晚飯後，天黑下來了，該洗的洗了，該涮的涮了，我奶奶就會帶上我，去楊嬸家裡。

楊嬸家也吃過飯了。屋子裡靜靜的，昏黃的燈光底下，楊站長坐在籐椅上，架著腿，在讀報紙。都是很莊重的報紙，比如《人民日報》、《新華日報》，也許還有《群眾》和《黨員生活》之類的雜誌。那都是單位訂閱的，就像我爺爺一樣，楊站長喜歡把報刊帶回家，晚飯後慢慢地閱讀，藉以打發時光。

說是打發時光，也許不夠準確，應該說是學習。這是真的。比如我爺爺，每天晚飯後，必泡上一杯茶，端坐在飯桌邊；那時候，飯桌已經收拾乾淨了，桌子上有一些小碟子，盛著一些諸如水煮花生米，水煮蠶豆，椒鹽黃豆之類的小菜，很下飯，平時也當零食吃。

我爺爺把報紙鋪在桌子上，很認真地研讀著，有時他會大聲地念出聲來，很旁若無人的——反正家裡除了我和奶奶，再也沒有別的人了。偶爾，他會在一些重要的章節上做記號，用鉛筆細細地勾勒出來，以備第二天開會學習。他還有一個小本子，皮面子的，上面有金光閃閃的雷鋒頭像。那是一個記事本，裡面密密麻麻寫了很多蠅頭小字，大約是工作計畫之類的東西。我爺爺是微湖閘的主任。

我爺爺也喜歡聽收音機，聽「新聞報紙摘要」，從早上六點半聽到七點，然後聽天氣預報。晚上呢，再重新聽一遍。極偶爾地，他聽一聽京戲。他自己也會哼一哼，但不太入迷。有一段時間，他沈迷於聽「說書」，說的是《隋唐演義》，裡頭的一個名字我還記得，好像叫薛仁貴。每天中午十二點半開說，也是半個小時，時間一到便戛然而止。這樣一天天地聽下去，直到後來他去外地出差，才耽擱了下來。

相對來說，報紙更為嚴正一點，那上面極少有瑣屑的東西，沒有娛樂，也難以看到生活。都是關於國內、國際形勢的分析和報導，中央又下達了什麼新指示、新精神，各級黨委機關要密切注視新動向，諸如此類。

有時候，爺爺也會把一些重要的時事告訴給奶奶。

他說：「奶奶，上面的風聲又緊了。」

或者說：「奶奶，上面又有新指示了，明天傳達會議精神。」

我奶奶照例不懂。她坐在小竹椅上，照著一個硬紙殼剪鞋樣子。今年秋天，她要做三雙新棉鞋，鞋底已經納好了，是現成的；鞋幫呢，她要用燈芯絨做面子，大人用黑色的，小孩子用紅的。棉花也要用新的。

她認真地聽我爺爺說話，雖然不懂，她也會搭訕兩句，問兩聲。我爺爺解釋著，她哦了一聲，便又低頭剪鞋樣了。

我爺爺自言自語著，看了一會兒報紙，大約八、九點鐘光景，他就回自己的房裡睡覺了。

那些舊報紙，擱在家裡有十天半月了，我奶奶知道它已經是廢報紙了，沒有用處了，她就拿它包鹹魚乾，包油酥餅。拿它剪鞋樣子。再過了一些時日，我們就會在門口的廢紙簍裡看到它，一些紙片兒，碎屑，幾個紙團……上面浸得油汪汪的，上面還是那些字兒，關於革命隊伍的建設問題，關於無產階級專政等等。一句一句地，句與句之間失去了連接——但是一句一句地，每一句都是那麼的鏗鏘，飽滿，鬥志昂揚。

有時候，我爺爺走到門邊，下意識地，他停了下來。——他看見了廢紙簍裡的那些油汪汪的碎紙屑。他背著手，饒有趣味地讀那上面的字，讀了兩句，他背著手又走開了。

要是在晚上，我和奶奶去楊嬸家串門的時候，楊站長也在家裡看報紙。那時候，像楊站長、我爺爺這樣的人都在讀報紙。他們白天上班，晚上回家還要看報學習。他們跟形勢跟得很緊。他們關心時局和政治，是黨的忠實的信徒。及至很多年後，他們老了，世風日下，他們看不慣很多東西，可是當說起組織、信仰這些字眼時，他們的內心仍充滿了敬畏。他們有時甚至熱淚盈眶，為命運多舛的祖國和人民。他們的信念始終沒有動搖過。

那時候，楊家靜靜的。楊站長坐在籐椅上，他把報紙展開，遮住了一半的頭臉。有時候，他也會放下報紙，靜靜地聽我們說話，偶爾他也會插上一兩句，大概覺得很有趣，他輕聲地笑起來。

他坐在燈光底下，燈光黃黃的，很混濁；燈光照在他的側體上，光線把他的身體一分為二了，明的，暗的，灰撲撲的。從某一個角度看上去，他似乎與我們隔著很遠的距離，光線把他推到了一個很遠的地方，在那個地方，他靜靜地坐著；有時候，他也會換一下坐姿，把報紙弄得簌簌作響。他摺起了報紙，並摘下了眼鏡。他把眼鏡湊到嘴邊，輕輕地哈著氣。

他認真地擦起眼鏡來了。他的眼鏡布是黃色的。他把眼鏡舉起來，迎著光，檢視鏡片上是否有污垢。在燈光底下，他的刀削似的臉也是黃色的。

在房間的另一端，靠近窗戶的一張床上，坐著奶奶、楊嬸和我，我們在做針線活兒。楊嬸在織毛衣，是楊站長的，灰綠色的毛線，是去年的毛衣拆了，洗了，今年又重新織成半高領的樣子。

我奶奶呢，她在撚棉繩，她做針線用的棉繩、麻繩，都是她自己撚的。市上賣的那種她嫌不結實。

我在做布兜子，就是把手掌大的一塊布縫合起來，裡面裝上米，黃豆，沙子之類的東西。一個晚上，我能縫五個，這樣我就可以自己玩遊戲了，叫做「抓沙袋子」，還有小曲兒伴唱，歌詞是「嘛格，乙格」，也不知道是什麼意思，但是我唱起來卻樂此不疲。

有好幾次，楊嬸停下手裡的活兒，端詳我手裡的布兜子，跟我奶奶笑道：「小蕙子也會做針線活了。小蕙子長大了，也會給自己做新娘衣了。」

我奶奶也笑，她把棉線團從身上拿開，撣撣身上的棉絮，又抬起手臂，把另一隻手伸到胳膊底下，輕輕地捏著捶著。說道：「等到我孫女兒做新娘子了，奶奶怕也要進棺材了。」

楊嬸笑道：「小蕙子快告訴奶奶，就說還早呢，小蕙子做新娘子的那天，還等著奶奶給梳頭、洗臉、上妝呢！」

我坐在床邊，那時候大約已經懂事了，覺得這樣的場合不便說什麼，所以一直低著頭，木著臉，針線活做得越發勤快了。

有時候，我們也不說話，屋子裡靜靜的，在某個瞬間裡，似乎能聽到隔壁房間裡鬧鐘走動的聲音。隔了很長一陣子，我才抬起頭來，做活的時間太長了，脖子有點痠，眼睛也很花了。我活動了一下手指，伸伸脖子。

很多年後，我一直記得這樣的情景。我抬起了頭，看見了昏黃的燈光底下，坐著的幾個人，一些家具和物體，他們都是靜靜的，他們的影子在燈光底下是長的，短的，瘦的，變形的——有很長一段時間，我認真地看著這些，瞪著眼睛；我以為我是看到物體的深處去了。那些素樸的紅漆家具，笨拙的，端莊的。五斗櫥上有一只萬花筒，還有一只手電筒，它們並列站立著。

屋子的正中放著一把籐椅，孤零零的。籐椅上堆著一些報紙。看報紙的那個人不知哪兒去了。

楊嬸和我奶奶又說起了什麼，嘁嘁喳喳的，聲音聽上去很遠。燈光在某一瞬間暗了暗，就像火焰輕輕跳了一下。燈光把屋裡的一切染成了暖色調。深秋的夜，有點寒意，膀子在絨衣裡面有些涼颼颼的。

屋子裡的人，懶懶的，打著長長的哈欠；他們都是上了年紀的人了，中年夫妻，老人。屋子裡的家具也舊了，晦暗的顏色。一隻老貓躺在木椅上睡著了。世界在那一刻是那樣的太平，安穩，雖是寒涼的秋夜，也有一種暖老溫貧的感覺。

在屋子的左牆上，靠近五斗櫥的上方，貼有馬、恩、列、斯、毛的畫像，他們神態含蓄，溫和，明淨。他們每個人都是端莊的，目光炯然，卻不太有表情。毛主席的畫像在正中央，他微笑著，他的目光溫厚，寬容，就像上帝在看著祂的臣民一樣；他的目光遍及四野，到處都是。無論從哪個方向看他，他都在端視著我們。

他注視著我們的日常生活，一天又一天，他看著我們慢慢地成長，衰老，他看見了我們每個人的苦痛，我們的無聊，一點點微小的快樂，我們的掙扎……可是他是無能為力的。

他看見我們的小動作了嗎？在一個人的時候，只能做給自己看的小動作——他是一目了然的。

他傾聽我們每個人說話的聲音。

在他的注視之下，男人們在談論政治。青年人在談戀愛。

農民們呢，他們蹲在草垛旁，袖著雙手，看見漫山遍野的陽光，金色的，燦爛的。他們眯縫起了眼睛。他們從胸袋裡掏出菸槍，在地上磕了磕。他們開始說吃的話題。

女人們呢，就像楊嬸和我奶奶，她們安然地做著針線活兒。她們是不懂時局和政治的。有時候，她們也靜靜地說著話，竊竊地笑著，把手伸到衣服裡去撓癢。她們喜歡的是人生裡的安平浮華，琳琅滿目的各種小物件，歡聲笑語，氣象繁華。

說起男女私情，即使我那年老的奶奶，也會表現出足夠的興趣。她吃吃地笑起來，摘下了她的老花眼鏡，拿拇指和食指捏她的鼻梁，久久地捏著。

有時候，她們也會說起養生之道。即使在貧寒的歲月裡，她們也沒忘了在秋冬來臨之際，拿紅棗、山藥熬湯喝，很補的。極偶爾的，她們會做豬肝湯，湯很鮮美，豬肝吃起來又嫩又滑又軟，也不知怎麼做的。魚湯倒是常喝的，在微湖閘，魚兒蝦兒都不是什麼艱難品。

總的來說，微湖閘還是平靜的，安寧的，人們有計算地過著小日子。革命年代裡的種種風潮，並沒有太大地影響到這個地處偏僻的水邊大院。這裡既沒有武鬥，也不常發生政權更迭的現象。我爺爺很安穩地坐在他的位子上。他是個嚴肅的老人，常常背著手走在微湖閘的林蔭道上，人們和他打著招呼，很謙恭的。他呢，也點點頭，就走過了。

他夏天常穿著一件白府綢襯衫，是短袖的。下班回家了，就換上一件老頭衫，也叫套頭衫，是棉布的，很舊了，後背上甚至有些破損。我爺爺說，家常穿穿，不礙事。又說，舊衣服穿在身上，舒坦。

他會做一些簡單的木匠活兒，家裡的小凳子，小竹椅，晾衣服用的衣架子，都是他親手打製的。他有一個工具箱，木製的，裡面盛有很多器具，有鉗子，扳子，斧頭，鉋子……總之，那裡頭的世界是完整的，它代表著一個很遙遠的年代，在那個年代裡，人們習慣於手工製作，從吃的，穿的，到用的，凡是身邊可觸摸的，都可以用一雙手打造出來。就像我奶奶手裡的針線匾子，那裡頭的絲線，剪刀，鞋樣子，繡花手帕，哪一樣不是齊全的？

那是二十世紀七十年代的中國，工業社會的種種跡象，在那個年代已初顯端倪。可是在日常生活方面，人們還保留了從前的傳統。這其中的空檔被無限地拉大了。最先鋒的思想，最古舊的生活，以一種極端的方式揉合進了那個激進的年代，竟然相得益彰，真是不可思議。

我爺爺是典型的貧民出身，他參加了游擊隊和八路軍，是赤手空拳打出來的天下；後來呢，他在這個太平的世界裡安定了下來，被封了一官半職。一個小小的官兒。最盛世的時候，他曾做過地委的組織部長，後來呢，不知為什麼，被發配到了微湖閘，一待就是二十年，一直到他離休。

他自己回憶說，他這一生殺過三個人，有兩個是日本人，還有一個是中國人——那是在解放戰爭期間。很多年後，他還能記得那個中國人的臉，他是個青年，個子很高，皮膚很暗黃，他幾乎不費吹灰之力就結果了他。

他說的時候很平靜，不帶有任何感情色彩。他是把它當作一件事情來回憶的。他的一雙眼睛很定然地睜到空氣裡去了。偶爾，他也會咧一下嘴，拿舌頭去舔腮邊的一顆壞牙。——我不知道他在想些什麼。

一九四九，他在上海照了一張半身像，是兩寸黑白照，那一年他才三十六歲。那張照片一直保存得很完好，它讓我看到了年輕時代的爺爺，他長著一張清臞的臉，五官端正，表情嚴肅。客觀地說，我覺得他長得不錯，很英俊。他穿著一件高領的套頭線衫，頭髮短短的，很精神。那時候，他身上的農民氣質已蕩然無存。他看上去就像一個氣宇軒昂的革命者，而事實上，他也是。

他的晚年生活過得平靜而單調，我甚至覺得，他很孤獨，但他一直在克制著這一點。他是個平白而坦蕩的人，正直，無私，犯過一些小錯誤，不是原則性的，也得罪過一些無辜的人——然而人的一生中，誰沒有犯過錯誤呢？

我印象最深的，還是日常生活裡的他。下班以後，他常常坐在自家門口，打開他的工具箱，在裡面撥弄著。他很少有閒下來的時候，擦擦自行車，修修籐椅；在我們的門前，還有一塊空地，他把它整了，鋤了草，施了肥，種上辣椒，番茄，南瓜。他又圍上了籬笆，用小樹枝一根根地插上了，很有田園的感覺。

在我的印象中，田裡還有一個稻草人，小小的，很俏皮。它站在一根竹竿上，頭戴草帽，向遠方招著手——跟童話裡的一模一樣。

我爺爺也會砌雞舍，紅磚紅瓦，一間精緻的小房子。他是個出色的泥瓦匠，他把一切都做到了細處，從刀功到彌縫，一招一式，他的動作是那樣的地道，流暢，得心應手。他做得非常有樂趣。他還砌得一手好灶台，用石灰彌得白白的檯面，既清爽，又乾淨。

總之，這是日常生活裡的爺爺，他是那樣的樸素，本色。偶爾他也會發脾氣，衝著我奶奶，大聲地說著什麼。他摔過筷子，就像孩子一樣，他把碗一推，轉身朝屋裡走去了。有時候呢，他心情很好，唱著小曲兒，逗我奶奶說些俏皮話。

我奶奶看著我，笑道：「這個老爺爺，真是不害臊呢！」

我聽了，覺得很快樂，便大聲地笑出來。

政治生活方面呢，我爺爺一生也算風平浪靜。各種政治風潮從他身邊經過了，都拐了個彎，絲毫沒有傷害於他。在「文革」中，他安然地坐在他的位子上，每天讀報，開會，學《毛選》。在春夏、夏秋季節，他開始部署防洪、抗旱工作。這時候，微湖閘處於一級戰備狀態。甚至在夜裡，也有人員在值勤。

我爺爺也被「下放」過，在外地的一個小閘口，當看門人。半年以後又官復原職，重新回到了微湖閘。

他主持的唯一一次批判大會，是在他即將離休之際，那時文革已經結束了。我記得是一九七七年，批判對象是一個青工，理由似乎很不相干，是「作風問題」。

總而言之，在那個年代裡，他和他的職工們都活得較為尊嚴，他們善良，平凡，清白。他們幾乎躲過了所有的劫難。有一種時候，也許連他自己也不能夠相信，他與那個亂世截然地分開了。他是他，亂世是亂世，它們彼此是不相干的。

外面的世界是如此的遼闊，那裡面有很多空泛的東西，革命和理想，還有主義。熱血青年們急於締造一個新世界，他們手捧「紅寶書」，把手按在胸脯上（宣傳畫裡就是這個樣子的）。他們茫然地睜著眼睛，那空洞的眸子裡空有魯莽和熱情。

可是這一切，跟微湖閘的人有什麼關係呢？

他們蟄居在一塊四方的天底下，那麼安穩、踏實，沈著。他們工作，每個月靠微薄的工資生活。他們常常進城去，也許去百貨公司買一付有機玻璃髮夾，桔紅色的，夾在辮子上像橫躺著的「8」字，別提多漂亮了。他們並肩走在林蔭道上，一家三口，夫妻倆帶著一個孩子，很體面的。他們的穿著也很乾淨，樸素，符合那個時代對於美的要求。他們的孩子，也許是個女孩子，那一年也不過才五六歲，是個學齡前兒童，在幼稚園裡上大班。她梳著羊角辮，穿著及膝的花布裙子，一蹦一跳地走在她父母的中間。有時候，她也會掙脫父母的手掌，向前跑去了。跑到一棵樹底下，她站住了，回頭看她的父母。有時候呢，她也會抬頭看天空，純粹出於好玩，她把身體向後仰去，一點一點地，她就要跌倒了。

走至一家電影院門口，他們也會進去看一場電影。

或者呢，他們逛公園去。那時候，公園是不收門票的，公園裡也沒什麼看頭，有一些遊廊和假山，逛了一圈就出來了。

再或者呢，他們去飯店吃飯。飯店也不大，卻是國營飯店，裡面的服務員都穿著白色的工作服，她們的神情懶懶的，也不怎麼愛搭理人——這一家子人，在飯店裡要了兩樣小炒，一份湯，米飯是用糧票換來的。總之，也難得上一回飯店，也花不了幾個錢，也覺得很好。

像我奶奶呢，她完全是另一個世界的人，她平安地做著她的針線活，她的每一個針腳都特別的精細，勻稱。偶爾，在做針線的間歇，她也會抬起頭來，習慣性的，她拿針尖在頭皮上輕輕地劃了兩下。

那些年她也有六十多歲了吧？頭髮是花白的，做活的時候需要戴上老花眼鏡。她戴眼鏡有一種自然明朗的態度，顯得她那張扁平寬敞的臉端莊，尊嚴。

那時候，她並不清楚外面的世界發生了什麼，有時候會聽我爺爺零星地講起，有時候她想起來了，也會認真地問兩句。我爺爺解釋給她聽，她點著頭——可她仍是不明白的。

她最擅長的事情就是女紅，做飯，做家務，伺候我爺爺的日常起居。對於男女情事，閨閣生活，婚喪嫁娶，人情世故，她樣樣都很精通。她在微湖閘生活了二十年，被所有人尊稱為「奶奶」。每當她急匆匆地走在微湖閘的大道上，她拐進了一條甬道，走進了一戶人家，人們就知道，她是去調解糾紛了。……她是小腳，慢性子。個子卻是高高的，駝駝的，也幾乎不識字。她的世界是那樣的狹窄，長長的，通向一個有微弱光線的地方。……

這就是我看到的微湖閘，我爺爺，我奶奶，楊站長夫婦，以及很多不相干的小人物（在以後的篇章裡，我將繼續描述他們）。他們每個人都有著不同的世界，彼此的話題、生活觀、趣味都顯得大相逕庭。可是把他們放在微湖閘，一切又顯得是那樣的協調，和睦。

有時候，我甚至覺得，他們與那個時代隔著很遙遠的距離。我是說，他們生活在那個時代裡，他們的衣著，日常器具，房屋的構造是那個年代的——他們僅僅生活在那個年代的物質裡，相對貧乏的，困窘的，飽食終日的。

思想呢，我猜他們是從來不思想的。他們在陽光底下走著路，是冬天的陽光，冷，明亮，白顏色的。他們袖著雙手，在太陽底下深深地咳嗽了兩聲。他們跑起來了，布棉鞋在水泥地上發出嚓嚓沈悶的聲音。他們看見了自己在太陽底下的影子，矮小的，肥的——實實在在的人的影子。天真冷呵，家裡的火爐子還在燒吧？家裡的孩子呢，大概正在喝熱湯取暖吧？

要是夏天呢，他們就去閘上乘涼。閘架在寬闊的河面上，長長的像橋。它是上下兩層。上層叫天橋，底層是雙橋，分別叫裡橋和外橋。這裡空氣清新，景色宜人。尤其是在晚上，更是水波蕩漾，清風徐來。

就這樣，吃飽了飯，閒著沒事，女人們在家裡收拾家務的時候，男人們一手牽著孩子，一手拿著芭蕉扇，慢慢地往閘上走去了。想一想，那是怎樣的一幅「安樂圖」呵，在這樣的圖景中，也有人是打著赤膊的，他們在肩上掛著一條汗巾，一邊走著路，一邊把手搆到腋下輕輕地捋著。

你瞧，在院子的林陰道上，又走過來兩三個人，他們一步三晃地，就像螞蟻搬家一樣，他們趿著拖鞋，腋下夾個小板凳，手裡捲著一張細涼席，慢慢地走近了。他們經過一戶人家的門口，看見這家正在吃飯，便大聲地打著招呼，並不停下來，就走過了。

——「還在吃啊？」

——「是噢。來家裡再吃一會兒？」

——「不了，到閘上涼快去。」

就這樣，他們出了後門，往閘上走去了。天也不過是剛擦黑，閘上的路燈亮了。風從水面上吹過，那樣的涼爽，帶有水的氣息。風跑進了他們的衣衫裡了，發出嘩嘩的聲音。他們中的一些人，隨著風起，突然發出了一聲舒服的怪叫，聲音就像呼哨一樣，流傳了很遠。

有兩個小夥子在賽跑，他們的身姿放鬆而難看，拖鞋在水泥上發出劈劈啪啪的聲音。他們咿咿呀呀地叫喚著，詛咒著，笑得嘎嘎的。

那些先期而至的人們，已選好了落腳點，安頓了下來。他們抱著胳膊，抽著菸；或者倚在橋欄上，側身看河面上的光圈。也許他們會談些什麼，比如姑娘，政治——他們把手指伸進鼻孔裡，掘寶似的，挖出一大堆鼻垢，然後把它輕輕彈向空中……

在這一章裡，我本來要寫的是，很多年前的時代背景，它怎樣佇立在我們的身後，靜靜地打量著我們。

我的用意再明確不過了，我想簡略地說一下那個年代，我出生在哪裡，我生命的最初幾年，是和它一起度過的。似乎也可以說，我對它懷有某種濃厚的興趣。

關於那個亂世，它所留下來的印跡，它的喧囂和騷動，它的無聊和不安，它的震盪。

總之，它肯定在我生活過的地方，留下了一些印跡。我沒準備寫很多，只是蜻蜓點水，一掠而過。

我想，我的小說得有一個背景，它真實地、隱約地存在著。它可以支撐起我們的生活，我小說裡的人物，他們的歡愛，疼痛，無聊感，貧困。

可就在這時，我的小說出現了障礙，這障礙維繫了兩個月，一直不能跳過去。一旦我的思緒觸及到所謂的時代背景，我就會變得很茫然。

我只能說，對於那個時代，我的記憶出現了空白。也許對我來說，「文革」它壓根兒就不存在。我現在所能記起的，只是一些人物，以及他們的日常生活……它們是如此的龐大，細碎，具有很多微妙的細節。它們生動、細緻地展現在我的眼前，和我達成了某種默契，為我設置了靈動的開關，我的記憶一旦觸碰到它們，它們便騰地打開了，一切全活了。

我想，我只能服從某種真實。我應該誠實一點，把我所看到的東西記錄下來，僅此而已。

而我所看到的東西，就是生活。它跟時代沒有任何關係。有時候，我甚至覺得，微湖閘的人們，比如楊嬸和我奶奶，把她們安置在任何一個時代裡，都顯得再恰當不過。她們就是女人，只不過，她們恰好生活在微湖閘，又恰好跟著時間一起流到了七十年代。

像我爺爺，楊站長，馬會計，盧主任這些男人，他們顯然是黨員，也在關心時局和政治，可是他們是那樣的安靜，和善，通曉人情；革命年代裡的一切，在他們身上似乎漸漸睡著了。而且，我所見到的他們，都是在日常生活中，他們走路的樣子，他們坐在自家的門檻裡，他們笑著和人打招呼，他們蠟黃著臉，側轉過身輕輕地擤鼻涕。

這就是我看到的那個年代的人們的生活，它是那樣的單調，平安，沒有戲劇性。它日復一日、年復一年，枯燥地重複著。有時候，它甚至讓人感到害怕和絕望。難道不是嗎，時代以慣常的速度滾滾向前，而他們仍生活在原來的地方，那樣的微小，謹慎，認真，永常。

對於那個時代標誌性事件的記憶，我也是有的，只一件。我在這裡簡略地說一下，作為這個章節的結束。

我記得有一年冬天，爺爺從城裡回來，他臉色陰沈，顯得那樣的沈痛和悲傷。奶奶坐在牆角削土豆。爺爺走至她身邊，蹲了下來，他拿起來一顆土豆，看了很久。

他說：「奶奶，周總理沒了。」

我清晰地記得，他說的是「沒了」。他聲音哀傷，壓抑，在我的印象中，爺爺從來沒有用這種口氣說過話，似乎他的世界都坍塌了。

我們也很難過，我指的是我和奶奶，因為我們也是愛著周總理的。也許愛的方式不盡相同。比如我爺爺，他是拿他當「總理」來愛的，他是人民的好總理，一般意義上我們總是這樣說的，他克盡公職，鞠躬盡瘁，具有中國人一切美好而樸素的品質，他接近於某種理想，是那個時代的神話。

而我奶奶呢，也許她的愛，更多地來自我爺爺的影響，再說，她是愛著一切人的，她善良，多情；在她的一生中，除了和兩個兒媳婦不能和平共處，即使對一個陌生人，她也是和善而通達的；我猜想，她是拿他當一般意義上的人來愛的，他的死，對於她只是一個普通人的死，也許讓她想起了曾經亡故的一個親朋；也許她會想起她自己，那一年她六十三歲了，頭髮白了，背也駝了，因為身體不好，壽材早於十多年前就預備好了。

而我呢，我的愛是抽空的，單純的。我只能說，那是我來到人世間的最初幾年，所有的感情對於我來說都是第一次的，很茫然的、盲目的、無條件的就發生了。很多年後，我想起自己，即便是生命中最親近的人的死，比如爺爺奶奶的死，也沒讓我有刻骨之痛。可是在那年冬天，一九七六年一月，一個對我來說很抽象的人——他在我視力所及的生活之外；他的死，讓我淌下了眼淚。

那是第一次，一個人的死，它在我的身上造成了如此鮮明的反應，它讓我覺得寒冷，靜默，無力。我還能記得當年的自己，靜靜地坐在椅子上，睜著眼睛，拿舌頭舔了舔乾燥的嘴唇。我把手伸進袖子裡，貼膚擱著。一直擱在那兒。我覺得世界在那一刻，是那樣的悲傷，無助。

我奶奶一直在哭，即使下廚房做飯了，她也會騰出手來輕輕地抹眼淚。她怎麼也不能接受這個事實。她喃喃地、幾乎是自言自語地說：「一個人，怎麼說沒就沒了？」

她抬起頭來，看玻璃窗外的天空，晴冷的天氣，陽光燦爛，可是使人寒縮；也許她什麼也沒看見，在那一瞬間，她又拿起了刀，開始削土豆了。這對她來說再自然不過了，感情代替不了吃飯；悲傷總是難免的，可是吃飯，它永遠是吃飯。

接下來的事情，大家都有目共睹了。全中國沈浸在哀悼之中。我奶奶連夜縫製了黑孝，為我縫製了一個紅的，她的理由是，小孩子戴紅孝才吉利。

第二天，微湖閘的人們自發買了許多花圈，所有人都戴孝。他們說話聲音輕輕的，臉色沈重而哀傷，還有一些人眼睛腫得厲害。總之，那是全民的忌日，人民痛失了他們的總理，他是他們的信仰，是他們心目中的神。

很多年後，我想起了那個年代；我想著，一個偉人的死，造成全民性的悲痛，只有那個時代才會有。這是我對於政治年代的唯一記憶，可是，它又是和感情聯繫在一起的，它是那樣的低沈，樸素，黯然。

我見到的「文革」都在這裡了。一個時代的末梢。一九七六年，國家一下子痛失了三個主要領導人，只不過，毛主席和朱德的死，我已經不記得了。我想，那時候，微湖閘肯定也舉行哀悼儀式了，但是我已經沒有印象了。

chapter3・儲小寶的婚姻

現在，讓我再回到對於日常生活和人物的敘述上來。

我先來說一下儲小寶，他是我們的鄰居。那時候，微湖閘的居民們，生活在一個龐大的院子裡，一條寬敞的林蔭道把院子一分為二。院子的左邊是沒有圍牆的，一條寬闊的大河從三面圍住了我們。院子的右邊，是一堵青灰色的磚牆，夏天的時候，磚牆上爬滿了綠色的植物，我們叫它「爬山虎」。

沿著林蔭道兩旁，分別陳列著一排排青磚青瓦的平房。這些平房分別用來做辦公室，醫院，職工食堂，家庭住宅。綠化也很好，很多我叫不上名字的樹木，排列於河邊和住宅之間；家門口空地上，也允許種瓜果和蔬菜。

院牆外有一個小集市，每天清晨供應新鮮蔬菜，也有肉類。大膽一些的趙集農民，甚至敢挑著擔子直接到院子裡來兜售，但這是被禁止的，如果被抓住了，還要罰款。

一般來說，居民若是買菜，可以向食堂購買。食堂自己有一個大菜園子，還有飼養站，養豬和雞。至於魚蝦等水產品，是由另外的部門統一管理的；那時候，微湖閘有自己的捕撈隊，也向漁民低價收購魚蝦——很多年以後，當市場經濟盛行的時候，這也成為微湖閘的主要收入之一。

在我爺爺做主任的那個時代，一切則顯得簡單淳樸。那時候，人們不為錢操心，國家興修水利——那是微湖閘的盛世，人員龐雜，人心單純，每個人恪盡職守，連看門人、燈塔看守人都是正式職工，有著做國家主人公的自豪感和身分感。想一想也是，他們還怕什麼呢，他們的一切，生老病死，甚至他們的兒孫，都是國家包下來的呀。

那時候，微湖閘就像一個大家庭，每個人分工不同，有電工，鉗工，行政人員，後勤人員……他們平安，快樂，靜靜地度著年華。

儲小寶就是其中的一員。他是一名電工。那一年，他也不過二十歲吧？他住在我們的隔壁，是個活潑的小夥子。

他長得不算難看，乾淨，明朗，是個可愛的、討人喜歡的青年。他似乎特別愛打扮，喜歡照鏡子，鏡子就鑲在門牆上。他常常不由自主地就踱到鏡子前，拿一把梳子輕輕地刷頭髮。有時候，他也會側過身體，一邊和我說話，一邊回頭看鏡子裡的自己，噘著嘴巴，皺著眉頭，就像在看一個陌生人。有時候呢，他大約很滿意，就會對鏡中的人笑一笑——他這回頭一笑，頗有些百媚生的風情，他自己也意識到了，竟大笑了。

他和我們家的關係很好，兩家是世交，他父親和我爺爺早年是同事，也因為這個，他有些怵我爺爺。

對我奶奶，他就自然親切多了。

我爺爺不在家的時候，他就會引我說話。他說：「小蕙子，什麼叫爬灰？」話還沒說完，他自己先笑起來。

我奶奶也笑，她罵他「狗不吃的」。

有一次，我在廚房裡玩，他看見了，就倚在門邊，一邊笑嘻嘻地看著我，一邊說：「小蕙子，你看見灶裡的灰了嗎？你想一想，你把灰掏出來，你用勺子勾啊、舀啊、爬啊，那叫什麼動作？」

我不說話。我知道，他又在引我說話了——據我所知，這一類的話，他永遠是說不夠的。翻來覆去地說，也沒多大意思；我想他大概是很無聊的。

我奶奶囑咐我說：「不要理他。他這不是好話。」

儲小寶說：「那你做個動作給叔叔看，唔，是這樣子——」他拿雙手在空中撓了兩下，壞壞地笑著。

我問：「這是什麼？」

他說：「這是爬灰呵！」

我明白了。我說：「這叫爬灰呵。」——一下子釋懷了。

儲小寶說：「你以為爬灰是什麼？」

我想了想，很為難地——儲小寶說：「沒關係，你告訴叔叔，你原來以為，爬灰是什麼？」

我說：「我原來以為，爬灰是爺爺和媽媽……」

儲小寶說：「爺爺和媽媽怎麼了？」

我說：「爺爺和媽媽在做不好的事情……」

儲小寶一下子捧腹大笑，跑開了——我奶奶顫巍巍地跟在後頭，手裡拿著一根棍子，罵道：「我讓你教她說這些壞話！你這狗吃的。」

儲小寶常常顯得很無聊，當他有勁沒處用的時候，他就會練啞鈴。夏天的時候，他喜歡光著膀子，有意露出他那結實的肌肉。只要他一用力，那肌肉就會鼓起來，在膀子上一動一動的，活像「小耗子」。有一次，他讓我去捉他的「小耗子」，可是我怎麼也捉不住，因為「小耗子」很靈活，一不留神，它就從我的手底下溜走了。

儲小寶也喜歡跑步，在我看來，這與其是他的愛好，倒不如說是他發洩過剩精力的一種正當方式。他尤其喜歡長跑，即使在冬天的早晨，他也會換上他的寶藍色的運動衫褲，穿上他的白球鞋，神氣活現地跑在早晨的第一縷陽光裡。試想，那是一種怎樣的情景呢？那時候，微湖閘的人們還沈浸在夢鄉裡，通往趙集的路上人跡稀少。只有陽光，廣泛漸次地鋪展開來，在結了冰的水面上，和儲小寶一起向前奔跑。

等到我們已經起床了，寒寒縮縮地倚在自家門口，等待著吃早飯的時間，儲小寶已經從趙集跑回來了。他熱氣騰騰的，汗水黏住了他的肌膚和衣衫。他的微微捲曲的頭髮上結著白的霜。他愉快地、調皮地向人們打著招呼，有時候擠擠眼睛，有時候伸伸舌頭，或者呢，從身後猛擊人一把，頭也不回地就跑過了。

夏天的時候，他就在操場上跑一百米。吃完了晌飯，人們都午休去了，微湖閘靜悄悄的，這時候，儲小寶倍顯無聊，他就會帶上我，讓我看他跑步。

很多年後，我還能記起這一幕，我站在陰涼裡，看見了一個青年的身影，在太陽底下，飛速地移動著。他就像風一樣掠過了我，嘴裡發出呼呼的聲音，當快到終點的時候，他舉起了膀子，撞開了想像中的一條線，就像勝利者一樣，他抿著嘴巴，矜持地、不介意地點了點頭。

那時候，我是多麼喜歡儲小寶啊，我喜歡看他跑步，他跑步的姿勢美極了，就像正規的運動員。他身材勻稱，雙腿修長，雖然四肢上佈滿了濃密的寒毛，看上去怪嚇人的；但是他跑步的姿勢著實好看，他擺動著雙臂，他的頭髮隨風飛揚，在陽光底下，他的整個神情是含混而模糊的，他的眼睛會看見些什麼呢？也許只是陽光，一些樹木，一個小孩子，也許他什麼也沒看見，他的眼前只是金色的荒漠。

我也喜歡聽他跑步時，發出啊啊的呼喊聲，那聲音穿過空氣和陽光，在寂靜的微湖閘發出空的回響。所以，每到夏天的中午，如果你從睡夢中醒來，或者在朦朧中聽到一個人的怪叫，你就知道，他準是儲小寶，他又在跑步了。

很多年後，那聲音穿過時空，也不斷地回響在我的腦海中，它是那樣的清晰，震盪，輕輕觸開了我的記憶，讓我變得傷懷，感恩。

從前的時光是多麼的好啊，可是，從前的時光已經不在了，從前的青年也已經老了，他再也不跑步了。

事實上，儲小寶從那年夏天起就不跑步了，他找到了一種新的消耗體力的方式，這種新的方式，我猜想，一定比他跑步、練啞鈴，比他逗我說「爬灰」的玩笑有趣多了。他戀愛了。

他的女朋友姓吳，我們都叫她小吳，她也是微湖閘的職工，以前，我從來沒有注意過這個姑娘，是儲小寶把她帶進了我的視野裡。她梳著短髮，話不多，可是精神，颯爽；現在，對於她容顏的回憶已經很困難了，可是我還能記得當年的她，常穿著格子布的襯衫，下身穿著黑色的長褲，她的涼鞋也很漂亮，是黑色的，平跟、帶把子的那種。夏天了，她還穿上絲襪，青灰色的，質地與現在的不同，不是很透明。

總之，她也許不算漂亮，可是大方，洋氣。

他們的戀愛一開始是祕密的，只有我一個人知道。儲小寶常常帶我去她的住處玩（鬼知道他為什麼會帶上我）。在路上，他就囑咐我，廢話不要太多，不要問這問那的；不准亂摸人家的東西；她要是給你糖吃，你就吃；她要是不給，不准朝糖看！

小吳姑娘住在單身宿舍裡，房間闊朗，清潔。她的窗戶是開著，窗戶後面是一塊雜草叢生的荒地，荒地的盡頭就是院牆了。她住的地方很背靜。不常看見人。

我猜想，那時候他們還沒有正式戀愛，或者說，還沒有確定戀愛關係，正處於摸索、試探的階段。試想，一個單位的人，互相再熟絡不過了，也許還開過玩笑，可是現在卻一下子害羞了，靦腆了，也中規中矩多了。

儲小寶把我介紹給小吳姑娘，他說：「這是李主任的孫女，見過嗎？」說完，他又彎下腰來捅了我一下，說：「快叫吳阿姨，說吳阿姨好。」

我說：「吳阿姨好！」

吳姑娘笑了笑，順勢在我頭上摸了一把說：「小孩子嘴甜。」

吳姑娘把我讓到床邊坐，她自己也坐下了。儲小寶呢，自始至終他一直是站著的，他倚在床頭的一張桌子上，桌子上放著一小碟葡萄，一本書，還有一些零碎的雜物：一把梳子，一瓶雪花膏……總之，看得出來，一切都經過了精心的佈置。

儲小寶把手撐在桌子上，不時地回頭看窗外。他拿腳去踢桌腿，微笑了起來。吳姑娘便笑，她說：「你坐呀，你來是為了罰站嗎？」

儲小寶便拿眼睛看我，朝我伸了伸舌頭。

他是這樣回答吳姑娘的，他說：「我不坐，我喜歡站著。」

說這句話時，撐不住我也笑起來了。吳姑娘便大笑。儲小寶也大笑。

吳姑娘讓我吃葡萄，自己也拿起一粒，用指尖輕輕地剔葡萄皮，儲小寶也拿起一粒，吳姑娘便說：「我沒讓你吃呀。」

儲小寶笑道：「是啊。」便不再說話了，繼續吃他的葡萄。

吳姑娘對我說：「你看看這個人，臉皮那麼厚，我讓他坐下，他不坐下；我不讓他吃葡萄，他卻偏偏吃葡萄，虧你還叫他叔叔呢！」

儲小寶撇著吳姑娘的口氣，也對我說：「你看看這個人，對你叔叔一點也不好，也不讓我吃葡萄，以後不准叫她阿姨了。」

我一直在笑。天知道我有多麼開心。那一年我五歲，目睹了一場愛情，那是第一次，我知道男女之間，竟這樣有趣，歡樂。我完全能夠懂得，我做了他們倆的道具，在一切似是而非的瞬間，傳遞著某種訊息。

很多年後，我對於美妙愛情的理解，一直是從他們身上得來的。我以為，最美好的愛情，從來都是在未開始之前，那微妙的一瞬間，小心翼翼的。永遠也說不完的精緻的廢話。某一刻的心動，心像被蜜蜂輕輕咬了一下，疼的，可是覺得歡喜。

那時候，愛情還沒有瘡痛。人是完美意義上的人，飽滿，上升，純白。

儲小寶和吳姑娘的愛情就這樣開始了。後來的事情我就不知道了，後來，儲小寶不帶我去吳姑娘那兒了，他自己一個人去。漸漸的，院子裡的人也知道了，大家善意地開著玩笑，大家說：「儲小寶，怎麼最近不見你練啞鈴了？」

又有人說：「儲小寶，你廢了，你也不跑步了。」

儲小寶笑了笑，他叼著菸，很篤定地朝空氣裡吐煙圈。有時候，他忍不住了，就會湊近人的耳朵，悄聲地說：「不行了，最近體力不支了。」

大家轟地笑開了。就有人說：「怎麼體力不支了？說說看。」

儲小寶咧了咧嘴巴，拿牙齒咬住嘴唇，一雙溜溜的眼睛從一個人的身上看到另一個人的身上。

有時候，吳姑娘也會過來看儲小寶，她坐在椅子上，埋頭織毛線衣。所有的門窗都洞開著，陽光輕輕地跳進屋子裡來了。很多年後，我還能記得那個秋天的下午，我坐在吳姑娘的腳邊，手裡握著毛線團。我看著屋子裡的一切，兩個青年男女，有一搭沒一搭地說著話。

在某個瞬間裡，非常清晰地，我聽見了時間的聲音，一點一滴的，我知道，那是鐘錶，在我看不見的地方，慢慢地走動了。日月是那樣的悠長，緩慢，真切，美好。我總想著，這樣的日月是漫無邊際的，看不到頭的；可是，這樣的日月會持續一生嗎？

有好幾次，儲小寶催我回家去。他說：「小蕙子，回家看看爺爺奶奶午睡醒了沒有。」

又說：「小蕙子，聽到貓叫了嗎？快回家餵貓去。」

我有些難為情了。我想，我是明白他的意思了：我礙著他們事了。我撣了撣手掌，扶起膝蓋站起來，卻被吳姑娘一把拉住。

她斜睨著眼睛看儲小寶，笑道：「你想幹什麼？我喜歡她待在這兒。要不，你過去餵貓吧。你不是最喜歡貓嗎？」

儲小寶便笑了。

這時候，我也輕鬆多了。我說：「奶奶早就醒了，她在門口做針線活呢！」

儲小寶便探出頭去，向隔壁張望了一下。我奶奶果然坐在自家的門口，她的懷裡端著針線匾子。我奶奶對儲小寶笑道：「鬼頭鬼腦的幹什麼？」

吳姑娘擱下毛線活，走出屋去和我奶奶搭話。吳姑娘說：「奶奶你不曉得，小蕙子可懂事了。她一個晌午都在幫我理毛線，她能幹著呢。」

我奶奶拉過身旁的板凳，讓吳姑娘坐。吳姑娘且不坐下，看著我奶奶笑。

我奶奶說：「小寶這孩子，我是看著他長大的，調皮著呢，以後你得當心點，免得他欺負你。」

吳姑娘說：「奶奶說得是，我以後是得當心點。」——說完朝儲小寶咬牙笑。

奶奶又把儲小寶喚來，眼睛像探照燈一樣地在他臉上探了一下，笑道：「小寶呵，也該帶小吳回家見見父母了，把日子早點定了，把事給辦了。這麼好的姑娘，你挑著燈籠也難找啊！別委屈了人家。」

儲小寶咧著嘴巴，向空氣中抽了一下鼻子，算是默認了。

這時候，我爺爺也起床了，他站在門口，輕輕地咳嗽了一聲，儲小寶便耗子似地，一閃身躲回自己的屋裡去了。吳姑娘呢，一直微笑著，訕訕地站在奶奶的身邊，一雙眼睛待看不看的，拿腳輕輕地踢著石子。

爺爺背著手，走上了門前的一條甬道。在這個時候，他表現了一個正派男子所有的風姿和氣度，他含蓄而漠然地走過了儲小寶的門前，就當什麼事也沒發生似的，他輕輕地走遠了。

很多年後，當我回憶起這一幕的時候，仍覺得趣味盎然。那裡頭的人情世故，拐彎抹角處，一點點微小的細節，說話的機鋒，人和人的微妙：儲小寶的孩子氣，吳姑娘的精明，我奶奶的「厲害」，至今回想起來仍歷歷在目。

儲小寶是在第二年春天舉行了婚禮，不久後他們就離開了微湖閘，調回城裡去了。在這期間，發生了一件小事故，我爺爺在一次職工會議上，不點名地批評了儲小寶。

那是一九七〇年代的中國，關於男女作風問題，似乎顯得很嚴重。在微湖閘，也流傳著儲小寶和吳姑娘之間的種種醜聞，兩個無恥而單純的青年坦然地服從了他們身體的需要，並覺得這一切是天經地義的。有時候，甚至是在大白天，他們也會躲進屋子裡，門窗都關緊了；他們歡騰愉悅的聲音，伴隨著木板床的吱呀聲，一起透過門縫，晾曬在陽光底下。

路人側目而過，他們蠟黃著臉，從牙縫裡發出滋滋氣息，既像笑聲，又像呢喃聲。有一天吃中飯，不知怎麼就說起了儲小寶，我爺爺重重地放下筷子，生氣地說：「簡直不像話，成什麼體統嘛！」

我奶奶看了我一眼，拿食指的骨節抵住牙齒，曖昧地笑了。長期以來，她恪守婦道，也養成了不參預我爺爺意見的好習慣——也許她壓根兒就沒什麼意見，她對一切事情的理解都是含糊的，模稜兩可的。

她偏袒儲小寶。有一次，她對楊嬸說：「我看是那姑娘不好，不自愛。她要是不從，男的再強迫，這事也成不了。」

楊嬸嘰嘰咕咕地笑道：「誰都是從年輕時過來的……」

我奶奶接住話茬說：「是啊，我第一眼就沒看上那姑娘，有狐媚氣，不是過日子的人。怕小寶將來會吃虧哩。」

有時候，她也會換一副面孔，吃吃地笑著；她的搓麻繩的手在半空中停住了，說道：「想想也怪她不得，她就是那樣的脾性，小寶又是個纏人的東西，孤男寡女在一起，難免……自古以來，男女之間好也罷，歹也罷，都出不了那幾個樣子。」

她又笑了起來，一雙碩大的手把麻繩搓得簌簌直響。

底下的事情我就不記得了。

我爺爺怎樣整治「風化」問題，儲小寶怎樣舉行婚禮，直至後來他們離開了微湖閘……都是我從別人的閒談裡聽來的。

我猜想，儲小寶是恨我爺爺的，他是個靦腆的青年，那樣興師動眾的批評，於他還是第一次。也許，什麼都是第一次，荷爾蒙，女人，愛情，婚姻……那一年他二十一歲，是個孩子氣的年輕人。他的小小的眼睛在太陽底下瞇縫著。他笑了，嘴巴理得很大，他的整齊的牙齒在太陽底下閃著白的光。他極少有安靜下來的時候，即使在一個人的晌午，他坐在籐椅上，百無聊賴地架著腿，摸摸自己的鼻子和耳朵，彎腰看玻璃窗外的藍天，逗我說些俏皮話，身子把籐椅晃得直哆嗦。

可是，我還能記得那天下午，開完「批鬥會」回家，他站在電線杆底下，抽著菸，非常沈鬱地。他對我叔叔說：「你家老頭子太不近人情……」他拿牙齒咬住嘴唇，搖了搖頭，一副無話可說的樣子。

那是第一次，我看見儲小寶竟也有這樣嚴肅的時候。很多年後，當我回憶起這一幕的時候，我就想著，一個青年，他就是從這時起，慢慢長大了吧？也許連他自己也不知道，這樣小小的挫折根本算不了什麼，人生更大的不如意還在後面，人生裡的磨難，溫吞，出其不意……就像一場諷刺劇，在他面前漸漸地拉開了序幕，到那時候，他會變得怎樣呢？他會很服從嗎？或者，小心翼翼的樣子——總之，他肯定老了，他是一個中年人，一個男孩的父親，戰戰兢兢地生活著。他的臉色也黃了。

這就是我看到的很多年後的儲小寶。

時光已經走到了一九八六年，那時候，我也早離開了微湖閘，回到了我父母的身邊，我在我的家鄉小城讀書，生活，慢慢地成長——那一年，我已經是一個少女了。暗黃的臉色，細竹竿一樣的身材，性情古怪、沈悶，很容易地就發怒了。

那年夏天，我父母打我，他們把我逼進牆角，讓我跪立。在棍子的威迫之下，我跪下了。我面壁，披頭散髮，並輕聲地哭出來；我的膝蓋抵著雕花的水泥地坪，那凹凸不平的、堅硬的花紋磕進我的骨頭裡了。屈辱，仇恨，成長的力量又一次浸入我的體內，它們擠兌著我；有一種時候，我覺得自己快要睡著了。

就在這時候，儲小寶出現了，就像從我的世界裡突然消失一樣，在那年夏天的午後，他又回到了我的視野裡。

近十年過去了，他老了。他穿著黑藍條紋的襯衫，深藍色的長褲，胳膊底下夾著公事包。他的頭髮並不蓬亂，只是比以前捲曲得更厲害了。他也不算胖，還是從前的適中身材，五官也還是從前的，只是對我來說，他已經很陌生了。

我猜想，如果換了一個場合，我們會擦肩而過的。我們已經認不出對方了。

對於我的樣子，他也略略感到意外，他沒想到會碰到這樣的情景。也許他曾經設想過，在來時的路上，或者某天下午，他經過某條小街的拐角，看到一戶人家的門口，站著一個小孩子，她把拳頭塞進自己的嘴巴裡，靜靜地吮吸著——那時候，他會想起什麼呢？

他會想起很多年前的那個小孩子嗎，在那遙遠的、已經逝去的中午，曾經伴隨他一起跑步？她站在陰涼裡，穿著印有桔子、香蕉和阿拉伯數字的花襯衫，她和他一起呼吸，在同一方藍天底下走過。她把手伸進他的手掌裡，他們一起去看一個姑娘，那個姑娘的房間裡有清新的氣息，他們說著關於葡萄的笑話，每個人都樂開了懷。她曾經是他過去生活的見證。他還能記得嗎？

很多年後，他們生活在同一個小城裡，可是極少來往。差不多，他們從各自的生活裡徹底地消失了，他們也很少想起對方，也就是說，對於從前的生活，他們已經不記得了。

這一天，因為一件要緊的事情，他來到她的家裡；他來看看她的父母，說了兩句話，差不多兩分鐘的時間，他就走了。

起先，他站在屋子的中央，他的胳膊底下夾著公事包；那一年，他不過三十來歲吧，可是明顯地見老了，他的額頭上有兩道很深的抬頭紋。也許，這根本算不得什麼，一個男人的抬頭紋……他站在屋子的中央，他的神情溫和而沈靜。他三十歲了。

他穿著黑藍條子的襯衫，我剛才說過，他還穿著皮涼鞋，黑襪子。總之，你可以想像的，這是一個衣飾還算整潔的男人，他平庸，健全，語調沈著，沒有任何特色，走入人群中，他很快就被淹沒了。

一開始，他和我父母在說著什麼，後來呢，大約是看見了跪在牆角的我，他輕輕地停頓了一下。似乎是隔了很長時間——也許僅僅是一瞬間，他向我父母問：「這是小蕙子吧？」

不知為什麼，我聽見了他的聲音，一下子哭出聲來。那是一種喪心病狂的哭泣，傷心，醜陋，自暴自棄。我的鼻涕也淌下來了，它和淚水一起流過嘴角，一直流下去了。我感覺到一種東西，它走了，它再也不會回來了。

我拿牙齒咬住嘴唇，因為用力，我的牙齒也在疼痛。我拿手撐住了牆壁，為了壓抑住自己，我把臉貼到牆壁上，我的整個身體都伏在牆壁上了。

儲小寶過來扶我，他說：「起來，你看看，都長成大姑娘了。還記得我嗎，你小時候管我叫『小皮匠』呢！小時候，我還帶你去捉過知了呢！」——他轉身對我父母說，「她小時候最喜歡給人起諢名了。」他笑了起來。

我站在他的面前。我與他齊肩高了。因為頭髮黏住了臉龐，我只能從髮絲縫裡打量他。隔著如此近的距離，我甚至能感覺到他身上的滾滾熱浪，那是一個男人，他從夏日的陽光底下走過了，他的身上留有了某種氣息。

我穿著家常的短袖衣衫，因為發育得晚，身體一條直線似地呈現著，僅在衣衫的褶皺裡，能感覺到一個少女，她正在蛻變的痕跡。這蛻變讓我羞恥。

儲小寶大約也意識到了這一點，他沈吟了一下，欲為我撣灰塵的那隻手，在半空中停住了。他搭訕著走開了。

我站在屋子的中央，低著頭，在某一個瞬間裡，我似乎看見了從前的時光，它慢慢地回來了。

那時候，我還是個孩子，儲小寶也很年輕，我們之間幾乎沒有性別的芥蒂。我記得有一次，他拿走了我的一張照片，把它端正地壓在自己的玻璃檯板下。

那是很多年前的一個小孩子，她站在冬天的陽光底下，穿著棉衣棉褲，老虎頭的布棉鞋，她整個人是明朗而安詳的。那也許是早春的陽光，寒冷，明亮，刺得人睜不開眼睛。她袖著手，微微地縮起了脖子，她的眉頭緊緊地皺著。她笑了，對著照相機的鏡頭，很茫然地，也很倉促。也許她沒準備要笑，經不起照相人的引逗，就這樣，她笑了起來。也許呢，在那一瞬間裡，她想起了從前時光裡一些有趣的事情，她微微咧開嘴巴，露出了她那不整齊的牙齒。

儲小寶很喜歡這張照片，他三番五次地向我奶奶索取未得，終於有一天，他偷走了它，把它壓在玻璃檯板下。後來我看見了，鄭重其事地向他討還。

因為我五歲了，是個女孩子，我敏感，微妙，害羞。和任何一個異性的相處，我希望能有一種更清楚、純潔、明朗的關係。

儲小寶大大地動怒了——他並不清楚我的心思。在這一點上，他的表現完全像個孩子。他扔還給我照片，說：「拿去拿去、有什麼了不起的，不就是一張照片嗎？送給我都不要！」

我彎下腰來，撿起照片。我的眼淚淌下來了。天知道我多麼難過，一個五歲的人，才知道世事，她的世界單調而蒼白，她根本不知道怎樣去善待別人。

我又想起了儲小寶，那時候，他是多麼多情啊！他似乎很容易就喜歡上別人了，愛情，親情，友情，甚至是鄰居的一個小孩子，她的一張照片，他也要珍藏著。

很多年後，我站在客廳裡，自己也知道，從前的一切就這樣地流逝掉了。從前的青年蛻變成中年，從前的孩子成長為少女；他們靜靜地對峙著，他們的身體之間，隔著一道厚實的空氣。他們再也不會像從前那樣親密了。

我靜靜地打了個冷顫。

我聽到了一種聲音，一點一滴的，清脆的，我知道，那是時間，它又在輕輕地走動了。就像很多年前，它走在楊嬸家的屋子裡，它穿過我奶奶做針線活的那雙手，它蕩漾在楊嬸織毛衣的胳膊裡，它在我們不經意的談話間，它在陽光、空氣、灰塵的深處……一天天、一年年的，它走遠了。

它曾經停留在儲小寶和吳姑娘的愛情裡，那是很多年前的下午，我坐在吳姑娘的腳邊，我的手裡拿著褐色的毛線團子。有一種時候，我會抬起頭來，看吳姑娘織毛衣，她把毛線繞在自己的小手指上，毛線在她的手指間一跳一跳的，像可愛的小兔子。我看見了她那月色的臉，飽滿的，圓潤的，那一年她十八歲了吧？她的睫毛長長的，隔兩秒鐘就閃一下。

儲小寶呢，他匍匐在床上，用撲克牌算命；有時候，他也會抬起身子，哎喲了一聲，手擊膝蓋，嘴裡發出嘰嘰咕咕的聲音。或者呢，他跳下床來，竄到鏡子前，一邊梳理著頭髮，一邊踢吳姑娘的座椅。吳姑娘也用腳還擊著。兩人吃吃地笑出聲來。

我把毛線團放在懷裡，因為愉悅，我彎腰大聲地笑了。

也就是在那靜靜的一瞬間裡，我聽到了時間的聲音，非常含糊的，像雨打芭蕉的點滴的聲音。我看見時間跳到牆壁上了——那是陽光，一閃一閃的，像水一樣地蕩漾著。剛剛是一瞬間呵，時間曾停留在我們的衣衫上，現在，時間已經走到牆壁上了。

很多年後，我站在屋子的中央，拿手抱住肩膀，不時地顫慄著。就像夢魘一般，我看見了陰涼的屋子裡，站著的我父母、人到中年的儲小寶；我弟弟蜷縮在沙發上，靜靜地啃著手指頭。

我還看見了木質家具，水泥雕花地坪。

一隻蒼蠅，匍匐在家具上，一動不動地，就像睡著了一樣。

我們家的那只老式座鐘，木質外殼，坐落在茶几的正中，正滴滴答答地走動著，那樣的平靜，坦然，無情無義。

儲小寶轉過身去，他就要走了。他和我父親握手，他稍稍抿起嘴巴，矜持地、吃力地微笑著。他甚至沒再看我一眼，就走進陽光裡去了。

我抱著我的身體慢慢蹲了下來，我滑落到地上去了，就像紙片兒一樣，它是輕飄的，傷心的，沒有方向的。它墜落了。它哭泣了起來。

很認真的一種哭泣。靜靜地瞪著眼睛，沒有聲音。把手指伸進嘴巴裡，用力摳著。眼睛裡全是金的光芒。眼前漸漸黑了下來。在暗色裡，我看見了一個中年男子的身影，從窗前走過了。他稍稍有點駝背，他甚至咳嗽了一聲。他駝背的身影讓我心疼。

這是我最後一次見到儲小寶。後來，就連這相見的記憶，也慢慢地淡忘了。我們重新回到了日常裡，沿著各自的軌道迅速飛駛，再也沒交叉過。

關於他婚姻生活的不幸，我是從別人那兒零碎聽來的。

據說，這段因愛情而結合的婚姻，不久就顯出弊端來了。「那娘兒們作風不好，死跟人睡覺。」我奶奶有一次不屑地說。

說這話時，我已經念中學了，那是在一九八七年，我回到微湖閘的叔叔家過暑假。我就問：「怎麼作風不好了？總是有原因的吧？」

我奶奶看了我一眼，覺得這種話題，跟一個姑娘不便多說什麼。我也沈默了。

很多年後的今天，我已年近三十，我很明白，愛情到底是怎樣的一種東西。當年吳姑娘的容顏已消褪在我的記憶中，對於整個事件的敘述，她也只是個陪襯；從感情上來說，我對她的感情也不及對儲小寶感情的一半；至於我自己呢，我也不屬於那種生命力很旺盛的女子。我和男人的關係，大多是清楚而坦白的——唔，我以為自己是這樣子的。

但是，我很以為，我明白吳姑娘這樣的女性。那幾乎是她們體內與生俱來的東西，她們生命的氣息結實而飽滿，那有什麼辦法呢？她們約束不了自己。就這麼簡單。她們身上的動物性更強一些，理性，道德，責任心，與身體的慾望比起來，也許並不算什麼——她們是天生有著破壞欲的那一類女人。

可是，我還能記得很多年前的那些時日，光陰怎樣在一個姑娘的身上留下的芳澤，光陰也在她身上打下了陰影。一年一年的，她也老了吧？她成了一個婦人，就像當年的楊嬸，就像很多年後的我奶奶。面對正在成長的孩子，艱難的生計，幾十年如一日的生活……有一種時候，她也許走在下班回家的路上，她騎著自行車，她的車籃裡放著一搭便宜的布料，還有一雙削價的塑膠拖鞋。

她騎著自行車，在某個嘈雜的瞬間裡，她抬起了頭，看正午的日頭，那樣的光芒，短促。她瞇縫起了眼睛。她聽到自己身體的尖叫了嗎？即使在她身體最歡騰的時候，她還能記得很多年，和一個青年的愛情嗎？這段愛情成了事實上的婚姻，這真是人世間最諷刺的事情。

也許她什麼也不記得了，她拐過了一些街巷，看著自行車的車輪壓過了自己的影子，非常茫然地，她想到一些不相干的事情上去了。她的車籠頭稍稍扭曲了一下，她向路邊的石子吐了一口唾沫。她回家了。

這段婚姻維持了十多年，兩個人同床異夢，生育一子。離婚以後，孩子歸屬儲小寶。如今，這孩子怕也有二十了吧？他也該戀愛了吧？

chapter4．

走在林蔭道上的青年

那時候，在微湖閘，還生活著一群和儲小寶同齡的年輕人。他們是我叔叔，陳森森，呂建國，竹林，魯小冬……還有很多我叫不上名字的男女青年，他們同樣存留在我的記憶中。

我叔叔將在以後的篇章裡單獨敘述，現在，我來說一下這群年輕人。時間走到了七〇年代末、八〇年代初。我爺爺也退居二線，開始安度晚年生活。時代車輪勻速地向前，人們照例生活著，笑逐顏開。時代車輪也駛過了微湖閘，在這塊小小的彈丸之地投下了影子。

微湖閘換了新主任，整個八〇年代，改革開放的力度開始加大。精工簡政，裁減人員，第三產業也蓬勃發展起來了。在短短的幾年裡，微湖閘興建了養貂場，水產品加工廠，木器廠……林林總總，氣象壯觀，雖然後來都紛紛倒閉了；富餘人員重新走上工作崗位，承包制也在這時得以實行。

政治和理想遠去了，物質和金錢重回人間。為了餬口，人們必得勞作，也許他們勞而無功，也許呢，他們得到了一些小東西，可是並不快樂，因為付出了代價，很辛勞。甚至有一種時候，他們忘了當初是為什麼這樣忙碌的，是啊，一切怎麼會弄到這步田地呢？

物質世界是如此的豐盛，到一九八二年夏天，我小學畢業了，回到微湖閘的叔叔家裡過暑假，像電視機這樣的奢侈品已經出現了。吃完了晚飯，人們不再去閘上乘涼了，早早地守候在電視室裡，等待連續劇的開始。電視室也叫「職工文化中心」，裡面擺放著乒乓球檯，報架欄，幾顆籃球零星地滾落在牆角……

時代是那樣的新鮮，健康，充滿活力，像明媚的陽光正在徐徐升起，那是夏天早上八、九點鐘的太陽，溫度並不高，卻使人煩躁，激動，心神不寧，而且不知為什麼，人身上很容易就出汗了。人們一覺醒來，不待睜開眼睛，便不能設想他將會看見些什麼，這個世界又在發生些什麼……而這一切，對於剛剛過去的那個時代而言，是不可思議的。即便年幼如我，也能感知到，我爺爺的那個時代結束了，它成了往事，可待追憶。

開始出現了很多新事物，新名詞；也許還要再等上幾年，人們才知道什麼叫「下海」、一個叫深圳的地方正在拔地而起；或許還要再隔上一些年，他們中的一些人才開始下崗，淪為窮人；另一些人突然暴富，這其中的原因就連他們自己也摸不著頭腦……而他們所有人，不過是大河奔流中無數的細沙礫石，只知道跟著河水往前跑，卻不知道終有一天，有的人「涓涓細流滙成江河」，有的人卻如雨花墜落，淪為河兩岸的淤泥。

我是事後才曉得，整個八〇年代處於極度的動盪和變遷之中，個人際遇在其中翻飛起伏，只是沒有人能夠預知罷了。人世的魅力就在於，我們每時每刻都處在跌宕起伏的戲劇化當中，雖然每時每刻我們都在靜靜地過著日常。

甚至在微湖閘，很多年過去了，那條寬敞的林蔭道還在。不同的人從其間走過了，他們走在光陰裡，踩著自己的影子，有時候，他們也會抬起頭來，看樹叢的上空，那些細密的陽光。他們張著嘴巴，拿舌頭去舔牙縫裡的牙垢；或者呢，他們把小手指伸進耳朵裡去，他們尖尖的指甲戳到軟骨上去了，那裡是溫軟的，癢的。他們低下了頭，把手抄進褲兜裡，重新開始走路了。

也有的人，他們走在不同時間段的微湖閘林蔭道上，走了很多年。他們想著吃的，一件新衣衫，從前時光裡一些微妙的快樂，新的苦惱……他們把衣衫裹得緊緊的，就這樣，他們朝時間的深處走去了。

我想起了陳森森，他大約也在同一條路上走了很多年。他是南京知青，從我記事起，他就來到了微湖閘。他是高高的，人極瘦，有一雙細長眼睛。他是個落拓的青年，較之於儲小寶的頑皮，較之於我叔叔的俊美，自是另一種風度。

這種風度，在當年的我看來，是與遙遠的城市聯繫在一起的，那就是他身上的紈袴氣質。心不在焉的，吊兒郎當的，對一切都滿不在乎的樣子。

我是很喜歡陳森森的。他說著一口溫軟的南京話，他的語調裡有音樂的質地，不疾不徐，舉重若輕。夏天的時候，他趿著拖鞋，穿著長褲背心，一步三搖地走在微湖閘的林蔭道上。

他的拖鞋是人字形的，我一直記得，那人字型的拖鞋把他的大腳趾與其他的腳趾頭分開了。我常常聽見他的拖鞋在水泥地上發出啪嗒啪嗒的聲音。有一種時候，他的手指間夾著一根菸，他抬起了他的手臂，他把菸放在嘴唇間。他抽菸的姿勢好看極了。

就這樣，他走過來了，非常含糊的，就像睡著了一樣。他走路的時候就像一個影子，因為他是面無表情的。

他走在夏日的陽光底下，在晌午——他走在空無一人的道路上。他的拖鞋在水泥地上發出空的回響。有時候，他驀然回過頭去，他以為他能看見什麼。他能看見什麼呢？一隻黃鼠狼？幾隻狐狸？一個陌生人？……然而沒有。正午的陽光怒放，滿樹的蟬聲，在那個瞬間裡，更加盛大了。

他不以為然地舔了舔乾燥的嘴唇。他感到害怕嗎？他覺得失望嗎？他甩了甩手臂，幾乎是勇敢地、大無畏地，他又向前走去了。

命中注定的，他將在這條路上走下去。在異鄉的小鎮，這個水邊的宅院裡，這條林蔭道。很多年後，當我叔叔、魯小冬等本地青年都陸續離開了微湖閘，陳森森仍蟄居在這裡。他結了婚，娶的是本地姑娘，他再也沒有回到他的南京。

總之，這就是我所了解的陳森森。一個知識青年，一個時代所殘留下來的模糊印跡。他漸漸被淡忘了，他成了廣義上的人，一個地道的微湖閘公民。一切都是不經意間形成的，他來到這個荒僻的院落，然後在此安居了下來，老死終生，沒有抱怨。

一九七七年高考，回城潮，從他身邊風一樣地捲過了，而他只是巋然不動。甚至在微湖閘，他也只是一名普通電工，他的工作不很積極。他在龐大的時間潮裡，一點點地被淹沒了。他靜靜地蜷縮著他的身體，往小裡縮小了。他是那樣的安詳。

我見到過不同時間段裡的陳森森，一九七六年的陳森森，一九八三年我小學畢業時的陳森森，一九八七年我念高中時的陳森森。

每隔幾年，夏天來臨了，我就回到微湖閘和爺爺奶奶一起過暑假。我坐在家門口，看見陳森森又像影子一樣地走過來了，就像從前一樣，他是那樣的高爽而瘦削。他說著南京話，他甚至一點也不見老。

我奶奶悄悄地對我說：「這是陳森森，你還能記得嗎？」

我說記得。

我看見了一個男人的身影，從我們的門前淌過去了。他有著真實的肉身，在巨大的時間潮裡，他也在一點點地腐壞嗎？他是否和我們一樣，也在思想？有過脆弱和苦惱？腦子裡偶爾會閃過一些莫名其妙的小心思？

我向奶奶問起他的情況。

奶奶笑了起來，她說：「這個和尚！」

這是一句罵人話。但是我很容易就聽出來了，我奶奶說話時的疼愛口氣。總之，你可以想像得出來的，就像一個飽經風霜的女人，對於一個正在犯錯誤的男子，她所持有的寬宥的、饒恕的態度。

可是，陳森森能犯什麼錯誤呢？

我後來才知道，是男女私情。

和奶奶一樣，我對此事抱有一種不以為然的、輕快的態度，細想起來，我自己也覺得不可思議，因為我那年只有十六歲；在沒搞明白男女是怎麼一回事的時候，我已經對男子有了同情。這可能緣於我的「家學」遺傳，我們家的女性向來如此。我們以為，男人活在這世上，原是為放蕩取樂的，而女人正好相反。

殊不知，假若這世上所有的女人都自律節儉，男人的放蕩又從何談起呢？

私下裡，我是希望男人們能去愛的，如果不能愛，那就享樂吧。男女之事，即便停留在肉體上，那裡頭的溫暖也是彌足珍貴的吧？試想，一個男人，他從一個女人的身體上掉下來了，也就是說，一切都結束了，身體的友情的連結，汗水，掙扎，喘息聲，都過去了。

秋天的窗外，有一片小樹林了，突然起了風聲。陽光在風裡靜靜地盛開。

這個男人，他把手臂從女人的肩膀上抽出來，點燃了一支菸，靜靜地吮吸著。他聽見了窗外沙沙的風聲，滿片的樹林子都搖動了。間或，在那搖擺的枝葉中，也會露出一片片曠朗的天，青白色的，像正在睜著的眼睛，靜靜的，也不太有感情。

一切都在那一瞬間安靜了下來，世界在青白的天底下是那樣的澄明。身邊的女人熟睡了，她在假寐吧？她死了嗎？她轉過她的身體，她的背部曲線是很好看的。她的玉體橫陳。她的軟玉溫香——可是，在這一刻，他只是他自己。

他把菸掐滅了。他伸出左臂圍住自己的脖子，非常溫綿的，充滿了愛惜和無限的感情。那輕微的身體的愉悅已停止了顫動，只有呼吸還在，在龐大的屋子裡，一點點地飄散開來。

有一種時候，他真是覺得很茫然的，天地是那樣的空洞。滿世界的風聲。風聲如潮。可是，身邊能有這樣一個女人也是好的。

很多年後，這男女之間單純的身體連結，總讓我想起陳森森和小佟。

我還能記得那天下午，當陳森森從我們門前經過的時候，我奶奶朝我呶呶嘴，悄聲說道：「他是去找小佟的。」

小佟是我們的鄰居，她和我們住在一排，中間又隔了三兩戶人家，她是住在水邊的那一戶裡。小佟有個二十六、七歲吧，身材高挑，她是短髮，燙了個大爆炸；人甚至談不上漂亮，長得粗枝大葉。那時候，她剛生完孩子，也不十分注重打扮。她穿著寬大的圓領T恤，下身呢，穿著黑色的暗花睡褲，在夏日的陽光底下，那些錯綜盤繞的花兒在她的下體上盛開了，一朵一朵閃著金光。

她常走過我們的門前，在門框前站住了，她的整個身子倚在門框上了。她笑嘻嘻地看著我們，一邊拿手梳理著頭髮。

我奶奶向我介紹說：「這是佟阿姨，你不認識吧？你離開的那會兒，她還沒來微湖閘呢！」

我低著頭笑了起來。

我奶奶說：「也不叫人，只知道笑！」

小佟倒是極大方的，她親切地說：「這是小蕙子吧。早聽說奶奶有這麼一個孫女，如今出落成大姑娘了。那時候在微湖閘，還是個小孩子吧？」

她一邊說著話，一邊朝路邊張望，我猜想，她是在打量是否有男人經過，在人世間，只有這一類群體才能引起她的興趣。她喜歡熱鬧，在路上不拘遇見什麼人，她都能停下來和人搭一通話。她的聲音溫綿的，懶洋洋的，即便遇見男人，她也如此。

我印象最深的，還是她坐在白家門口奶孩子的情景。不拘什麼人在場，她都能把衣衫掀開，露出她那肥碩的乳，她的乳頭是淡紅色的，很大，她的乳汁也很飽滿。

男人們笑了起來。他們說：「小佟，你沒穿胸罩。」

小佟也笑，她說：「奶孩子方便嘛。」

男人們又說：「也許不單是為奶孩子方便吧？」

小佟便鼓起嘴巴，一雙眼睛冷冷的，待笑不笑的覷了他們一眼。隔了一會兒，她嘆了口氣道：「人老了，也來不及講究太多了。」

她突然咯咯笑了起來。才二十幾歲的人，眼角已有了魚尾紋，可是神情是俏麗的，也有蒼老，也有無奈。

她把孩子抱在懷裡，一邊輕輕拍打著，一邊哼著兒歌。有時候，她也會探下頭去，看孩子睡著了沒有。看得出來，她做母親雖沒有經驗，也是竭盡心力的。

她的男人叫李兵，是個高大瘦削的青年，在當年的我看來，也算個美男子吧。他和我叔叔、陳森森他們玩得很好，也常結伴去打籃球。他穿著運動服和球鞋，一個人在水泥地上能把籃球玩得的溜轉。

他對他妻子的豔情抱有一種過分冷靜和從容的態度。也許他假裝不知，也許呢，他自有辦法來抵消他作為一個男人的損害。對這一切，我們都不得而知。

總之，對於小佟這樣的日常女人來說，她最大的魅力是來自她的身體。她和微湖閘所有的青年男子都睡覺。

也許應該這樣說，她熱愛他們。在後期的微湖閘，也確實生活著一群可愛的青年人，像我叔叔、陳森森，以及後來的曾小冬、呂建國等，他們大多在三十歲左右，成年男子的身體，孩子的心。那是八十年代中期的日常中國，對於那個開放的、活潑的年代，從微湖閘這群青年人的身上已略顯端倪。那時候，道德律已不再約束人們的身體。也就是說，關於「男女作風」問題，再也沒有批判的必要了。

我爺爺也老了，他的身子骨仍硬朗，他像從前一樣背著手，走在微湖閘的林蔭道上。人們向他打招呼，他一邊答應著，一邊習慣性地咳嗽著。

對於所有人來說，他已成了往事，他和他那個年代已漸漸地走遠了。他更加沈默了。

我剛才說過，小佟和所有青年男子都睡覺，這不是事實。我說的是一種可能性。也就是說，在小佟身上，存在著和她喜歡的男人睡覺的可能。

也有睡不成的，像孫闖。據說，小佟曾經糾纏過孫闖，但是沒有得逞。孫闖也是在一九八七年夏天，突然出現在我的視野裡的。他是個溫和的青年，那一年才二十四歲。關於這個人，我也將在以後的篇章裡提到。現暫略過。

像小佟和我叔叔呢，他們是否有過身分糾纏，我不清楚。我只聽我奶奶說，我叔叔曾在一年夏天，帶小佟去看過夜場電影。他用自行車載著她，走了幾十里的夜路。

還有呂建國和竹林，我猜想，小佟也是喜歡他們的。但是陰差陽錯的原因，也沒能做成什麼，可惜是可惜了些。也許呢，只有他們自己知道，私下裡，他們曾有過一兩次豔情，最後呢，並不因為什麼，就無疾而終了。他們又恢復了從前正常的交往，靜靜的，深情的，像友誼。男女之間僅出於身體需要，最後的關係還是要回復到友誼上去吧？

總之，小佟擅長處理和一切男人的關係，這與其說是她的世故，倒不如說是她的多情和善良。而且，她容易健忘。後來，她和我嬸嬸也消除了芥蒂，彼此也能夠在一起，心平氣和地說一些話，矜持地笑兩聲。

很多年前，我還是個女孩子，我並不知道，女人的身體對於男人來說是多麼的重要。我記得那年夏天，我總是向我奶奶嘀咕道：「真不明白小佟有什麼吸引人的？」

後來呢，隨著年歲增長，很自然地，我明白了其中的關節。想來，對於男人來說，女人的身體比女人本身更重要，雖然這兩者從來就攪和不清；大約在男人看來，身體裡囊括了人世間最基本的東西：歡樂，喜悅，某種情感，虛無；那裡頭有索取和付出——那裡頭有安撫。

小佟這種女人是專門為男人而設的，她給予他們的往往比一次刻骨銘心的愛情還多。她教他們成長，給他們撫慰和愉悅。她改變他們的人生方向，使他們一點點懂得，人和人之間是這樣子的，而不是那樣子的。

她是他們的母親。對於所有的青年男子來說，她是一所學校。她不自覺地做到了這一點，也許連她自己也不曉得。所有因她而長大的男人一點也不感激她。她是他們的過客。他們需要她，曾經喜歡過她，然後就像風一樣地，他們忘掉她。

新的男人又來臨了。

至於小佟自己呢，她從他們身上得到了什麼，只有鬼知道。也許僅僅是身體的愉悅，那是她在人世間唯一的娛樂，也是她與生俱來的一門技藝。

一個女人，如果掌握了一門技藝，那她就會依賴它。這是不言而喻的。小佟的技藝就是在床上，床是她這一生的依託，是她施展才華的最合適的空間。

總之，我猜想，小佟在床上的表現一定和她平時的表現判若兩人。只有在這時候，她才像個女人，她極富想像力，就像一個詩人。她溫柔，也勇猛；男人歡喜的時候，她也歡喜；男人傷心的時候，她更加沈靜。

有一種時候，跟她尋歡作樂的男人會失聲痛哭，他摟著她的身體，就像孩子一樣，眼淚鼻涕抹了她全臉。他不是為她哭的，她也知道。她把他抱得更緊了。她把手指插進他的頭髮裡去。

她說：「有白頭髮了。」

她又說：「一切都會好起來的。會好起來的。」

她的嘴唇翕動著，像歷盡滄桑的鴇母的聲音。她的聲音裡有深深的疼惜。也許她早就知道了，人世走一趟不容易，要歷盡艱險，許多細微的痛苦像蟲子一樣，啃蝕著一天又一天。

至於她自己呢，終有一天也要老了，她的熱情耗盡了。她的身體對於新一代的男子來說，已經不足惜了。她的撫慰是蒼白的，沒有意義了。到那時候，她該怎麼辦呢？

在她和男人的關係中，陳森森是停留最長久的一個。他和她斷斷續續地來往了兩年。有時候，他也會掉頭走開。他是生氣了。她知道。

男人有時候就像孩子，他們喜歡較真，吃醋。

可是隔不了多久，他又回來了。她就知道，他準是遇上什麼事了，他又有了新的煩惱——男人總是有煩惱的。

他們盡釋前嫌，在一起竭盡歡娛之能事。即使在身體與身體短暫歡騰的交往中，她也知道，她給予這個可愛而脆弱的男子的幫助也是微乎其微的。她幫不了他。如果做愛能讓人忘卻，那就做愛吧。

有時候，她看著這個像影子一樣走在陽光底下的男人，他淌過了一戶戶人家，他像狗一樣地探頭張望著，非常不以為然地，他又揚頭走過了。

他朝她走過來了。他甚至笑了起來，露出他那白而整齊的牙齒。這個外鄉人，他的衣衫整潔，他的容貌清揚。他不擅長表達，時常沈默著。他有時候是活潑而俏皮的，有時候呢，並不因為什麼，他顯得沮喪、失魂落魄。

他是那樣的單薄而蒼茫，站在那窄而長的、用磚石鋪就的甬道上，他是沒有背景的。他的身後是那無限的、灰白的天。沒有人知道他在想些什麼。他談不上快樂，當然，也不很傷心。總之，他的整個為人姿態是含糊的，蒼白的。他和她一樣度日如年。

可是，當他的身影在光陰底下淌過的時候，他又顯得那樣的平靜而堅強。

像魯小冬呢，他完全是另一類人。他父親曾是微湖閘的副主任。他少年求學，一直生活在外地，直到八〇年代初，才回到微湖閘。

他的女朋友姓夏，一個白淨、修長的姑娘。她也是微湖閘的幹部子女。她年輕的時候梳著黑而粗的長辮子，中年以後絞了，更加颯爽了。

他們是在一九八三年結了婚。本來也沒準備那麼早完婚，只因小夏姑娘有一次偶感不適，女伴陪她去醫院做檢查，才知她是懷孕了。想起來也是個糊塗的姑娘，她沒有一點常識。為了不讓肚子裡的孩子過早凸現，她用皮帶勒緊肚子，所以，孩子生下來的時候，也是乾瘦弱小，完全不像他們夫妻兩個。

那幾年，微湖閘總發生類似的「醜事」，像我叔叔、陳森森、呂建國他們，都是因為女朋友懷孕了，才倉促地結了婚。那是八〇年代初期，一代青年就這樣躲進了他們婚姻的桎梏裡，他們的戀愛期結束了，他們開始了那漫長的、平庸的、百年如一日的生活。他們在婚姻裡睡著了。

相對來說，魯小冬和夏姑娘的婚姻還算好的。不久後，他們也離開了微湖閘，回到了他們的家鄉小城，開始了溫柔富貴的生活。

魯小冬和我是同鄉。很多年後，我們生活在同一個城市，但是一直沒有來往。有一年春節，我叔叔一家來探親，大年初一那天上午，我們出去逛街，不知怎麼就說起了微湖閘，我的童年時代，一代青年的成長，一些細碎的生活場景。

我嬸嬸奇怪地說：「有些事我們都忘了，你怎麼還記得那麼清楚？」

我想說，我是目擊者。

我笑了起來。我還想說，我是一代青年成長的見證人。但是我沒有說。那一年我二十二歲了，是個非常矜持的姑娘。總之，我笑了起來。

我叔叔說：「小蕙子對微湖閘是有感情的。」

很簡單的一句話。我聽了，拿舌頭舔了舔嘴唇，把頭側向有風的那一邊。只有我自己知道，我的眼裡含著淚水。我不想讓別人知道，僅是提起微湖閘這三個字，我就會淌眼淚。

我在那裡度過了我生命中最初的幾年，我的童年時光短暫而幸福，沒有心事。我受到了所有人的愛護。那時候，我暴戾，也多情。只有我自己知道，我靜靜地愛過他們，可是我沒有能力。在我生命的每一段時光裡，只要想起他們，我就會心存感激。

我的青春期過得不好，我近乎冷漠。我把所有的感情都丟在了微湖閘，留給了那段時光，留給了我的爺爺奶奶，留給了那群青年人。

我看著他們走在陽光底下，那些沒有經過世事沾染的、光潔而年輕的面容，那些沒有痛苦的單純的微笑。我看著他們在我的眼皮底下一天天地成長，我看著光陰怎樣腐蝕他們的面容，他們老了，笑裡有內容了，他們的背也稍稍地駝了。我看著他們朝時間的深處迅速地墮落。我是說，我沒有能力。

我剛才說過，我熱愛他們，那是在我的童年時代，一個小孩子。我的感情單純而飽滿。我靜靜地睜著眼睛，看著他們的一天又一天，我和他們一起處在日常生活的深處，我看著他們戀愛，歡騰，躍動。我看著他們三五年間就沈靜了下來，眼睛裡光陰的痕跡。

我覺得疼惜。

我看著時光再也不會回來了，我自己是不足惜的，我為他們覺得疼惜。

至今，說起那些人的名字，我仍如數家珍。我記得小鳳子，小桔子，漁船上的宋家老三，機關辦事員老賈，楊嬸一家，我奶奶的乾女兒吳姑姑……最主要的，還是那群年輕人，他們生機靈動，他們走在八〇年代初期的陽光底下──他們把自己的身影留在了那些陽光裡。

我很想把他們一個個地娓娓道來，然而我知道這是不可能的。我剛才說過，我是旁觀者，許多事件的中心我無法進入，許多原因和結果我也錯過了。我只看到了日月的流程，一點點微小的細節，一些像影子一樣從我身邊淌過的人，我如實地把他們記錄下來，作為對那段時光的紀念。

有的事情，我是從別人那兒聽來的，比如我奶奶、我叔叔。我以為那是真實的，一些基本的人和事串成了線，就是這樣子的。

總之，他們之於我，仍是「冰山式」的人物，他們把頭和臉露在了外面，人生裡更大的曲折糾纏深藏在裡面，我是無法看得清的。

最主要的，是我對他們懷有一種情誼。我描述他們，就等於把那段情誼重溫了一遍，我看見從前的日子一點一滴地又回來了。時光倒流了。

竹林這個名字，我是喜歡的。

其實關於他的一切，我說不出個子丑寅卯，早些年他在微湖閘生活過，後來調離了，至今也不知去向。我不知道他還活著嗎？他生活得好嗎？他是否離婚了？現在，他的孩子也該結婚了，他做爺爺了嗎？

他比我叔叔他們年長幾歲，結婚也很早，算起來大家都是玩得很好的朋友。在很多年前的那些夏日的傍晚，他們去閘上乘涼，趴在天橋的欄杆上，俯首看橋底下經過的姑娘。他們朝姑娘們吹口哨，有時也向她們吐唾沫。

他們說：「吐著了。」

姑娘們便抬起頭來看。他們便笑了。

他給他們講葷笑話，小夥子們聽得津津有味，個個笑得前仰後合。那些年我叔叔也不過才二十歲，我猜想，他們最初的性經驗也許是從他那兒得來的。

關於竹林這個人，我實在不能說得更多了。他的相貌我也忘了。印象中的他，是方形臉，長得濃眉大眼，體格健壯。總之，是一個漢子。他為人正派，工作也兢兢業業，在那些年裡，他是一群年輕人的中心，他們凡事找他商量，也喜歡跟他插科打諢。我在想，他身上也許有一種溫暖的質地。

他不常從我們的門前走過，即便走過了，我也會躲進屋裡去——小時候，我有點怯生。所以，對他的印象總不是很深刻。

我只記得有一次，他從新單位趕很遠的路回微湖閘，來看看小兄弟們。我叔叔一下子從飯桌旁跑出去，喊上陳森森他們，說：「竹林來了。」

這件事，不知為什麼，一直記得很清楚。很多年後，我叔叔的這一聲「竹林來了」總是迴盪在我的腦海裡。

還有呂建國，他也是後些年來到微湖閘的。呂建國是長得很娟秀的青年，在一九八二年我回微湖閘過暑假的時候，他已經出現在我的視野了。他是新婚，妻子年輕豐滿。我奶奶說：「你去他們家看看，從來沒見過這樣拖沓的女人，呂家不知為什麼找這樣的媳婦？」

我記得有一天晚上，我嬸嬸帶我去河邊散步，我們拿著手電筒，一路找著蛐蛐兒。就這樣，遇見了也在散步的呂建國。我們在草叢邊站了一會兒，他向我嬸嬸笑道：「這是你的姪女吧，以後你要多多照顧了。」

很人情味的一句話，尚且，他的聲音是多麼的好聽啊。那一年我已經十二歲了，他並不曉得，一個小姑娘曾經對他，以及他們這群年輕人懷有單純的、靜靜的情感。

常常地，在那夏日的晌午，我坐在窗前，或者門洞裡，輕輕地攏著雙腿。我希望他們能走過我的門前，我想看看他們。

有時候，他們從我的門前經過了，並不是有意的，他們朝我看了一眼。他們看見了一個小孩了，甚至稱不上姑娘，他們知道，這是李主任的孫女，李小洪的姪女，她是來過暑假的。

他們朝我笑了一下，也有的呢，非常不介意的，就轉過了頭——在我後來的少女期，在每年夏天，我總是把這些情景細細地品味著，我是多麼的歡喜呵。

到一九八七年夏天，這種感情更加明顯了。那時候，我已經念高二了，容顏在五六年之間有了本質的變化。我教人認不出來了。更加高了，瘦了，單薄了。梳著兩條麻花辮，有了知識和另外的生活。總之，完全是一個少女了。

他們呢，仍沒什麼變化。人還是從前的那些人啊，在靜靜的時間長河裡流淌。他們也不見老，才二十八、九歲的年紀。我仍坐在門前等待，我不是在等待愛情。我只是想看看他們，靜靜地度過我的感情。那是人和人的感情，也是女性對男性的感情。

我對自己說，我要記住他們，記住這段時光，以及對他們的「愛情」。我要像識字和背書一樣，把他們深刻在我的記憶中。如今，如願以償，我記住了。我還記住了他們對我的怠慢，在那些歲月裡，他們明顯地感覺到了一個少女的存在，他們懂得了避諱。他們和善，淡然，也客氣。

他們幾乎很少和我說話，有我在的場合裡，他們輕輕地走過了。他們懂得了尊敬。

有一次，我在林蔭道上遇見了陳森森，也就是我常說的那條林蔭道，在院子的正中，用水泥鋪就的，寬大，漫長，梧桐葉的影子在腳底下靜靜地盛開了。
那是夏日的晌午，陽光爛漫，整個一條路上，只有我們兩個人。世界很安靜，也有一些蟬聲，然而被我忽略過去了。我是在一瞬間看見他的，他在林蔭道的另一邊。
他朝我走過來了，很近了。我看了他一眼，很熟的人了，十幾年前就互相看著變化的，也沒有說過什麼話。我抿著嘴微笑了一下，很吃力的，我自己也知道。
他呢，大約也笑了一下，我不記得了。也許他並沒有笑，然而他的表情裡有友善。也很矜持，我知道，也很吃力。總之，一個姑娘，她長大了，這有什麼好說的呢？他吧嗒著眼睛又走過了。

我再說那年春節，我和我叔叔一家走在小城的街道上，想起了魯小冬，我嬸嬸說：「為什麼不去他家看看呢？給他拜個年吧。」
就這樣，我們走進了魯小冬的家。他住在一個大院裡，一幢兩層小樓的底層，樓前有蓊鬱的冬青。總之，看上去是那種很得過的人家，清潔，整齊，是一個小康之家。
那一年，他的兒子也有十歲了，是個活潑好動的小傢伙，有一雙大大的黑眼睛，只是身子骨仍嫌瘦小，像小蘿蔔頭。我嬸嬸笑他是「皮帶勒出的孩子」。從前的小夏姑娘風姿猶存，只是笑顏間有了歲月的流痕，畢竟，很多年過去了，她是一個十歲孩子的母親了，她也有三十四五歲了吧？魯小冬呢，他已經是一個單位的副局長了，言談間有少年得志才有的謙遜平和。

我嬸嬸豔羨地說：「微湖閘那一代人中，就數你混得最好。」

我叔叔暗淡地笑。

有很長一段時間，小夏一直在打量著我，彷彿不能相信似的，她笑道：「我們做姑娘的時候，小蕙子還是個孩子呢，現在小蕙子也成了姑娘了，想想時間真是可怕的。」

她倒不想想，她的孩子也已經念小學三年級了，穿著厚厚的冬衣站在門口，和我叔叔家的孩子互相打量著。

很多年後，我還能記得當年客廳裡的閒談，四個過去年代裡的青年沈浸在回憶裡，那火熱的、炎夏一般的八〇年代，那是他們自己的年代。沒完沒了的陽光，永遠的夏日，有一瞬間，知了聲突然停了，世界在那一刻是那樣的寂靜虛無，年輕的他們深深地喘了口氣。

青春，愛情，一代人靜靜的理想……幾乎是在一瞬間逝去的。也很難弄清楚當時是怎麼回事，也很難追憶了。

他們坐在客廳裡，能說起的還是一些具體的往事，發出朗朗的笑聲。他們說起了陳森森，呂建國，竹林……真的，很含糊了。也漫無邊際了。能想起來的，至多也不過是問一句：「升了嗎？還是原來那個樣子？」

「唔，還是原來那個樣子。晃晃悠悠，吊兒郎當的。」

「發財了嗎？」

「不清楚。聽說停薪留職去了深圳，混了幾年，不聲不響地又回來了。」

「老一輩的人都還好嗎？」

「也有去世的。」

……

我嬸嬸和小夏坐在另一邊，不知說起了什麼，一直吃吃地笑著。她們大概想起了做姑娘時的一些往事，算起來，年輕時都是玩得很好的朋友，割頭不換的。也有很多閨閣祕密，那只能說給自己的小姐妹聽的，不准外傳的，發過誓的。

現在呢，當然談不上是祕密了，在陽光裡晾曬了很多年，都是婦人了。

我嬸嬸笑道：「那時候微湖閘人丁興旺，現在呢，走的走，散的散，也不常回去看了，也不知道那邊的情況怎麼樣了？」

小夏說：「前幾年我父親回去過一次，據說情況不太好，機關裡鬧裁員，人心惶惶，也不知怎麼弄成這樣子了？」

我嬸嬸嘆道：「世道真是變了。十幾年前誰又能想到今天呢，那時候人心太平，窮也窮得快樂。誰又能想到今天呢，有人還會失業。」

小夏說：「那時候人真是逍遙啊。上班了，那些娘兒們還常一起糾纏打鬧！也沒人管的。小蕙子大概不記得了。」

我說記得。

也確實記得：在那些年裡，除了旱澇兩季，機關裡沒什麼事。人們午睡醒來了，懶洋洋地去上班。說是上班，倒不如說一起閒聊胡扯。三個人一群，兩個人一檔，也有的人躺在草坪上，手搭涼篷，在太陽底下做著白日夢。

還有一些婦道人家，坐在樹蔭底下衲鞋底，織毛線活。雖是秋天的下午，天仍嫌燥熱了些。她們坐著，嘰嘰喳喳地說著什麼，有時候也會爆發出狂浪的笑聲。還有一些人，竟抱著嬰兒來上班的，大方地解開衣衫來奶孩子，也不避人的。

也有男人過來圍觀的，取笑她們的奶子。箇中就有一些非常潑辣的婦女，說話間就動起手來了。不過是你摸我一把，我掏你一下，各自護著身體，笑做一團。

小夥子們看不下去，笑著跑開了。

姑娘們呢，一般是不來這種場合的，她們坐在僻靜的地方，和一些守規矩的婦人在一起，彼此開一些善意的玩笑，說到深處，便羞紅了臉，頭扭到一邊去，輕輕地啐了一聲。

——這就是那個年代的微湖閘的生活。你很難想像在那些年的陽光底下，盛開了多少生動活潑的日常圖景，也許它不含蓄，可是明朗、恣意，和煦。它也不夠傳奇，一切都是符合邏輯的，一種不著邊際的太平。

又是十年過去了。我們坐在魯小冬家的客廳裡，在回憶裡度過了一九九二年春節。我還能記得那天的陽光很明亮，在正午的日頭下，物體的影子顯得矮而肥。我一邊聽他們說話，一邊抬頭看太陽，看得久了，眼也花了，也不知身在何處了。

我又想起了很多年前的人們，以及身在微湖閘的我自己，我們就這樣走過了我們的和平時期，迎來了內心的欲望、激蕩和荒無。也許我們並不曉得，我們在時間的長河裡走遠了，我們撣了撣手掌心，非常不介意地，就這樣，走遠了。

還有那群可愛的年輕人，他們穿著牛仔褲和格子襯衫，在很多年前那落荒的太陽底下跑過了。他們自己是不曉得的，一個年代就這樣被摔在了身後。很多年後，他們個體之間也有了很大的區別，他們都老了，都在過具體而瑣碎的日常生活，都喪失了熱情和理想，一樣的勞碌，辛苦，嘆息。

有的人的生活已經支離破碎了。有的還算完整，比如魯小冬。也許在很多年前，當他第一次出現在我們的視野裡，我們就知道，他這一生大致的走向。他是個平和的年輕人，也入世，他擅長處理各種關係，情感和婚姻的，社會事務性的，倫理和道德的……他身材高大，偏於瘦削，暗色皮膚，小眼睛，稍稍有點暴牙。

總之，一個平民子弟所具有的白手起家的處世能力在他身上都具備了。他精明強悍，膽識過人，為人也真誠。他一點點地從深處站了起來。他不太去想人生飄渺的那一面。我不是說，他的生活就是好的，也許他已經破碎了——外人不知道罷了。而且，那麼多年走下來，好也不是好了，壞也不很壞了。

我只是想起了陳森森，在很多年前的那些陽光底下，他肯定看不見，多年以後他的現實生活，他不知道，什麼樣的命運會降臨到自己的頭上。他更不知道，命運和命運之間的區別竟是那樣大！

chapter5 · 性的童年

現在，讓我再把時光掉轉到七〇年代中期，我的童年時代。我先來說一個人，叫小桔子。

那時候，在微湖閘，生活著一群和我同年齡的小孩子，比如小桔子，小鳳子，也有年紀稍大一些的，像楊嬸家的三姐……大院裡，這七八來個孩子代表著微湖閘的第三代人，他們在這裡度過了懵懂無知的童年，這裡，留下了他們一生中最初的、倉促的記憶，那舊紅色的背景，正午的陽光是白顏色的。

廚房的門前有一棵老榕樹，春天的時候，榕樹開花了——我不知道榕樹是否開花，總之，在我的記憶中，榕樹的枝條是粉紅色的。站在樹底下看，榕樹很像一把傘，有時候，細碎的陽光也會落進來，刺癢了孩子們的眼睛，他們便笑了。

這一群孩子，在微湖閘度完了童年，也就離開了。他們到了該念書的年紀，便被父母接回各自的小城。那時候，微湖閘是沒有小學的。他們天各一方，彼此再也沒有見過面。

也有永遠長不大的，她永遠停留在六歲，像小桔子。

小桔子是個漂亮的、安靜的小孩子，姓楊，她父親是微湖閘的現金會計，她母親也在微湖閘工作。

她上面還有三個姐姐，肩挨肩的四個孩子，形容整齊而娟秀。他們家住在我們的前排，兩間普通的套房裡。有時候，嫌太擠了，父母就把三個姐姐送回老家，單單留下小桔子，因為她體質柔弱，個性嬌憨可愛，同時也很聽話。

我奶奶很喜歡小桔子，她常常對我說：「你看，你長得沒有小桔子好，又不聽話，你們要是能換一下就好了。」

小桔子常來我們家玩，我奶奶總是給她吃最好的點心。每次，我總是等她把點心吃完了，才開始吃自己的，一邊吃，一邊拿眼睛覷她。那意思就是想饞饞她！後來，我和小桔子成了非常好的朋友——起源於一件祕密。

有一天中午，吃完了飯，我睡不著覺。奶奶便打發我說：「你去找小桔子玩吧。」

就這樣，我朝小桔子家走去了。那是個陽光明媚的中午，太陽很高遠，陽光卻是近的，貼膚的。想起來，這一幕就在眼前。我撿起了一根樹枝，一路上拖著，掃起了很多灰塵。

小桔子家沒人，父母大約外出了，兩個房間也緊鎖著，怎麼也推不開。窗台前有一只小凳子，所以我就爬上去了，隔著玻璃窗朝屋裡看。

我看見了小桔子，她正把身體壓在桌子的拐角，她的身體浮起來了。她是背對著我的，所以我看不見她的表情。我只看見她頭頂上的蝴蝶結在微微地震顫。

我貼著窗子看了很久，這才問道：「小桔子，你在幹什麼？」

她一下子從桌子上滑下來了。她看見了我，神色慌亂而羞愧；她臉色潮紅，似乎剛從一場掙扎中脫身出來，在輕聲地喘息著。現在，你自然也知道了，這個五歲的女孩子在自娛。

她開門讓我進去了。我坐在籐椅上，她呢，扶著門框輕輕地站住了。正午的陽光落在她的衣衫上，臉上，眼睫毛上，也不知可否是陽光的緣故，使得她整個人的神態顯得很異樣，有些假。有一瞬間，她的眼睛是看到我的眼睛裡來了。我後來知道，她是在打探我，看我是否知道，或者知道了多少。

我的臉有些紅了。我揣測到了一件事情，我知道，我的揣測是對的。

我們不著邊際地說了一些話。總之，你可以想像得出，兩個孩子各懷鬼胎，心虛而氣短。她們甚至笑了起來，她們的笑容僵硬而短促，死在臉上，不發出聲音。

從她家走出來時，頭有些暈。那天的陽光很明亮，我剛才說過，那是春日裡從來沒有過的好陽光，很眩目，恍若夏日。也許我們根本就沒有談話，坐了一會兒，訕訕的，就散了。我拖著樹枝走在來時的路上，自己也不能相信，就在這一個來回之間，不過十幾分鐘吧，我發現了另一個世界。

在來時的路上，我還是個孩子，剛吃完了飽飯，走在陽光底下，很茫然。我不知道未來會發生什麼，也從不去想它。大約是遇見小桔子，說上兩句話，就回家了。

後來呢，我確實回家了，也遇見了小桔子，也說了兩句話。我拖著樹枝，像來時一樣掃起了很多灰塵。但是，一切都變了。

我走在陽光底下，踩著自己的影子，一步一個腳印的。我聽見了自己的腳步聲，沈著而拖沓。物質世界是如此的真實，較少偽飾。我們從其間走過了，看見家家戶戶的門都開著，我們看見了一些桌椅，笑逐顏開趴在窗口剔牙的人們，衣著光鮮的人們。殘羹冷炙還沒有收拾，一支筷子擱在碗上，一滴飯粒子黏在人們的嘴唇邊。一碗湯汁，不小心潑了，還沒有來得及揩乾淨，湯汁從桌子的邊緣淌下來，一點一滴的。

總之，我們從其間走過了，我們看到的都是一些具體實在的物體。我們看不見個人的私慾和隱痛，那些齷齪的小祕密，那個更廣大無垠的世界，它深藏在裡面。

我也很奇怪當年的自己，竟是那樣的坦蕩從容，無動於衷。一個小孩子的自娛，我看見了，搭訕了兩句，也就回家了。

我走在正午的陽光底下，看見自己的影子矮而肥。我聽見了自己的喘息聲，有一種時候，我覺得自己是無力的。身體更加重了，一點點地往深裡沈了下去了。也更加輕了。我把手指塞進嘴巴裡去，我開始吃我的手指甲。

第二天，小桔子來看我。我們在家門口的菜園子裡玩了一會兒，她攀附著籬笆牆站住了。她的手輕輕地剝著籬笆上的泥垢，非常不介意，她笑了起來。她說：「有一種遊戲是很好玩的。」

我大約也猜到，她說的是昨天的事情。她並不放心。

後來，我們又說了一些話，小桔子突然哭起來了。她輕聲地央求我說：「不能讓別人知道的，真的不能。」

我手足無措地站在那兒，我的眼前又浮現了昨天的情景，她伏在桌子的拐角，她在用力，她頭上的蝴蝶結在微微地震顫。那是兩隻病態的蝴蝶結，粉紅色的，絲綢質地，沒有生命。

我拿起她的一隻手，握在手心。溫涼的小手，柔軟而潔白，沒有血色。我說：「你放心——」我輕聲地說著，眼睛看著前方，不知為什麼，我也哭了。我的眼淚迅速地淌下來，很平靜的一種哭泣，像是站在自己的身外；我猜想，我是在安慰她。

就是在這一天裡，我和小桔子成了朋友。我們共同守著一個祕密，我得為她保密。為了賄賂我，她又給我講了一些具體的細節。總之，在她眼裡，這件事也很平常，因為大人也是這樣做的，不值得大驚小怪的。

聽她這麼一說，我有些不高興了，我說：「那你剛才還哭了呢！你為什麼還叫我保密？」

小桔子把手掌放到泥土裡，翻來覆去地玩了一會兒。她說：「有時候會有些害怕，擔心大人會撞見。」

我說：「到底撞見過沒有呢？」

她低了低眼瞼說：「撞見過。」

我們沿著籬笆牆坐下了，在那早春的陽光底下，空氣明亮而清寒，園子裡的茄子秧被霜打蔫了。園子外，一排排樹木靜靜地生長，一陣風吹過，帶過來清新的植物的氣息。總之，春天來了，萬物都在生長，我知道的。

在我的視線所及之處，我還看見一些成年人，從我們身邊黯然地走過了，他們背著手，稍稍駝著背，他們有很多心事嗎？——他們不快樂？他們都是結過婚的人，一些老人，肥胖的中年女人……經歷過歡愛，也荒唐過。現在呢，安靜了下來，世界在他們眼前恢復了尋常的面目，有陽光，樹木長出了新綠，腳底下的甬道是由一塊塊細小的石頭鋪成的。兩個小孩子坐在園子裡，雙手抱住膝蓋，很像「小大人」。她們在說些悄悄話嗎？——可是天知道，她們會說些什麼？

他們搖著頭笑了起來。

一個婦女在織毛線衣，她一邊走著，一邊慢慢停下來，在數毛線衣的針數。

我奶奶在餵雞。她站在家門口，手裡抓著一把稻穀，一邊嚕嚕地叫喚著，她說：「蘆花雞，阿黃，小雀子……來家吃飯了。」——她給家裡的每隻小雞都起了名字。

我轉過身來，拿手攀住了籬笆，我想看看奶奶。那是第一次，我以一種奇異的眼光來打量著這個與我朝夕相處的女性，她老了，安靜而慈祥，她在很多年前，就與我爺爺分床而睡了。

我在想著，她是否也有過年輕的時候，她作為一個女人……她的熱情的、奔放過的身體——她奔放過嗎？

我難以想像。直到現在，我才發覺，我並不了解她，這個與我耳鬢廝磨的老人，對我來說，是個謎一樣的陌生人。

什麼都是陌生的，就連小桔子。這個當年只有五歲的小姑娘，長著一副聖女般的、端莊而恬靜的面孔，她的皮膚白皙潔淨，幾近透明。她的眼睛是單眼皮，可是很大，聖光在她的眼睛裡閃爍。她看人時的眼神，是那樣的清澈、純潔，略帶羞澀。

她說話的聲音很輕，她常常笑起來，露出了她的小小的白牙齒。她拿手捂住了嘴巴。她的頭髮黑中帶黃，稍稍有些捲曲，劉海處就像燙過一樣——她是自然捲的頭髮，既洋氣，又自然。

總之，就是這樣一個長著天使般容顏的小姑娘，誰看了，都會摸摸她的髮辮和臉蛋，讚嘆兩句，說：「給我做女兒好不好？我給你糖吃。」

小桔子總是搖搖頭，笑著跑過了。

這時候，你再也不會想到，她有了自己的性事。她為自己感到羞恥，常常一個人就哭起來。她有了自己的隱祕，在她那狹窄的、黑暗的天地裡，只剩下了那些隱祕。她被它們壓得喘不過氣來。你再也不會知道。

小桔子說：「這種事情其實也沒多大意思，做了以後很乏味的。」她吃吃地笑起來，才五歲的人，撇著成人的腔調，話語間有一種老氣橫秋的聲氣。

她袖著雙手，坐在家門口的矮凳子上，整個人的姿態是單調的，身影薄如紙片。她臉色蒼白，唇色淡而白，她把頭倚在磚牆上，清平的眼睛裡全是陽光。

常常有這樣的時候，她坐著，是和暖的春天的下午。院子裡靜靜的，人們都上班去了。也有一些人，從陽光底下走過了，他們拐了個彎，走進了一條甬道，走遠了。他們的影子打在磚牆上，倏地一下消失了。

起先，她坐在家門口的矮凳了上，也不想做什麼，一下子也難以想起什麼。天地是那樣的遙遠，人是小的，一切都是不著邊際的。

後來，慾望就來臨了。慾望總是在不期待中來臨的。你永遠不知道它是什麼樣子，它為什麼來臨，你也掐不準它的時間。有時候是在白天，有時候是在晚上，在睡夢裡，一個手勢間。有時候是在別人的笑談裡……總之，它來臨了。沒有任何預兆，就像一陣風一樣，它從天而降，突然間來到了你的身體裡。

這時候，你有什麼辦法呢？

她轉身朝屋裡走去了，她穿過客廳，來到臥室裡。臥室裡光線幽暗，紗窗上沾滿灰塵。紗窗上也鑲嵌著金魚，有一瞬間，金魚好像全活了，一條一條的，在泛波的紗窗上游動。

她走在家具與家具之間，看見一些微小的縫隙，有一隻蜘蛛結了網，從縫隙裡探出頭來。

桌子，椅子，五斗櫥，床……靜靜地立在角落裡。好像它們也生出了眼睛，成了一個孩子隱祕的見證。

她立在桌子邊，把手搭在桌子上了。輕輕一躍，她的身體就懸空了，她就飛起來了。

在這一切似是而非的過程中，有一些東西是恍惚的，不確定的，同時又是真實的，硌人的。比如說焦慮，無聊感，喘息聲，那當然也是有的，可是並不過分。即使是激動，那也是一種心平氣和的激動。總之，不是第一次了，所有的動作都是諳熟能詳的，也不新鮮了。緊接而來的是肉體的快樂，在那一瞬間裡漫山遍野，鋪天蓋地，可那也只是快樂本身，不更多一點，也不更少，是屬於平常的、人類的快樂，也不誇張。

這一切做完了呢，她就從桌子上跳下來。她閉上了眼睛，輕輕地喘息著。現在，她要休息一會兒，真累啊，身體已經疲憊了下來，它軟弱，空洞，虛無，它在它自身之外，就像一具屍體。心還在猛烈地跳動，速度之快，她的身體已經完全跟不上了。她開始乾嘔。

窗子外陽光明亮，她知道的。那是一個真實的人世，有很多生命，各式各樣的物體。日常生活靜靜地湧動著，發生著，向前伸展。也有一些人從窗前走過了，他們探頭張望著，因為隔著紗窗，他們很難看見什麼，他們伸了一下舌頭，自以為很俏皮的、神不知鬼不覺的，就這樣，他們走過去了。

她來到室外，重新坐在小凳子上。家門口有一棵老榆樹，春天的時候，滿樹的葉子盛開了。她把手伸到袖筒裡去，像剛才一樣，她是那樣的安靜，就像從來沒有發生過什麼。她又恢復成了一個完整的小孩子，穿著花襯衫，長著一雙長睫毛的大眼睛，有簡單的思想，不多的一點知識。笑容純潔而無邪。

極偶爾的，她也會回想起剛才的那一幕，在龐大的、陰沈的屋子裡，她的動物的身體。真的，已經記不起來了。那似乎是很遙遠的事情了，一切是怎麼發生的呢？她抿著嘴巴，低頭看自己的手指甲。陽光更加昏黃了，陽光下樹影婆娑，她覺得自己快要睡著了。

這就是小桔子的故事。

很多年前，我答應過她的，為她保守這段祕密；很多年後，我把它公佈於眾，寫進我的小說裡。我從來不想說，我是個純潔的孩子，天真爛漫，自然天成，我不是。

我只想告訴你，在孩童的世界裡——在某一類孩童的世界裡，你可以看見色情和慾望。如果你細心察看，你肯定看得見的。也許在很多年前，你也曾經是這樣的孩子，你受過它的壓迫。你的整個童年黑暗而陰沈，就因為你受過壓迫。那是肉體的壓迫，也是快樂的壓迫。

快樂來得早了些，它在你小小的身體裡攪得你不安寧，它超過了你那微小的肉體的負荷。你被它壓垮了。你開始覺得這是在犯罪，犯罪感與日俱增地生長在你的體內，它超過了你，它曾經是你的全部，是不是？

你也許覺得，比起那沈重的犯罪感來說，肉體的快樂簡直不算什麼。它來得如此艱難，也不是時候，總之，你為此付出了慘重的代價。它簡直要了你的命。

或者呢，你是另一種類型的孩子，就當你是個女孩子吧。你天真，純潔，明朗。在很多年前，魔鬼還沒有攀附上你的身體——會有這種女孩子嗎？

這個孩子，她小小的，像紙片兒一樣單薄；她梳著馬尾巴，穿著碎花布的襯衫，倚在正午的門框裡曬太陽。剛吃完了飽飯，人有些癡呆，她袖著手，把手指朝衣袖裡搆了搆。光只是想笑。

她是象牙膚色，有著小小的細米牙齒，形容還沒有長足，人是含糊的。

她的胸脯很小，是扁平的，還沒有性別的存在。身體也是小的，感覺不到快樂，也沒有痛苦，絕大部分時候，她可以忘卻她那真實的肉身的存在。

她沒有慾望，也不敏感。身體的快樂在她身上睡著了，要到很多年以後才能甦醒過來。她是真正的天使，一個純潔的孩子，人類文明的驕傲。

她看《十萬個為什麼》。有時候，她把手握在媽媽的手心裡，認真地走路。她抬起頭來問：「媽媽，為什麼月亮會在晚上出來呢？」

她媽媽也回答不出來。這個問題對於成人是深奧了些。

她對於世界的認知是循序漸進的，先是情感的，後是科學的。總之，她的世界清潔，整齊，飽滿，那裡頭沒有慌亂。

世界有很多扇窗口，在她的童年時代，它只為她打開最純潔的一扇。她是個幸福的孩子。

要到很多年以後，她足夠成人了，世界才為她打開別的窗口：情慾的，羞恥的，道德的……她從每個窗口走過，總不免要探頭張望，或者駐足停留。她就這樣走過了她一生中的無數個窗口，從少女到青年，到婦女……每一扇窗口的打開都是那樣的及時、適當；每一處的風景，不管美醜，她都可以承受。

等到她老的時候，一切都經歷了，一生富足而飽滿，她微笑著沈默了。

是的，對於有些人來說，成長的秩序總是那樣的井然，有條理。情慾在最適當的時候到來。情慾跟著身體一起成長，情慾以一種最恰當的方式得以滿足。在她一生的最初幾年裡，她坦蕩，明朗，喜悅。她從不懼怕。她的身體正在沈睡，她沒有其他的慾求。

可是，在這篇小說裡，我想說的是前一種孩子，她過早感知到了身體的存在——這並不奇怪。奇怪的是，這構成了她短暫一生中最黑暗的、驚悚的記憶。她和她的記憶一起成長。她至死也沒能從那記憶中解脫出來。

這個小孩子，如果單從外表上看，她和別的孩子沒有什麼區別。她瘦弱，蒼白，常常咳嗽。她話不多，偏於安靜，看上去不是那種躁動不安的小孩子。她的神情也偏於單調，老到。總之，她不是那種靈動的、眉目傳情的女孩子。

她的樣子，一下子也很難描述清楚。如果要用一幅圖景來表現，那就是一個瘦骨嶙峋的小孩子，她毛髮直豎，雙手扠腰；她站在一堵磚牆前，看上去很空洞。她的神情是較為複雜的那種，既是女童的，又是女人的，兩種神情天衣無縫地鑲嵌在她的臉龐上，既獨立又交融。

她正在發怒，也許是因為焦慮，也許來源於日常生活裡一些不如意的事情。總之，這是一幅關於性意識的畫，在這個六歲女孩子的臉上，你可以看到一些元素，比如青春期，情慾，焦慮感和力量……可是誰又能畫出這樣的畫來，不需要脫衣服，沒有道具，只是借助於一張臉，就讓人覺出這是性意識？

誰又能畫出一個簡單的女孩子，她內心的成長史。她把自己包裹得那樣緊密。平靜的外表，開朗的笑聲。小心翼翼的，偶爾也有潑辣的動作，一切都是似是而非的。誰又能畫出她微小的身軀裡，深藏著的思想，南轅北轍的場景……種種隱祕。

大人都記得，她怎樣一天天地長大成人。她蹣跚學步了，會說話了，能寫一些簡單的阿拉伯數字了。她學會自己用筷子了，吃飯的時候，她站在凳子上，身子剛好搆到桌面，一頓能吃一小碗飯。

她能做些簡單的家務活了，洗自己的小手帕，背心和褲衩，有時也跟她媽媽搶搓衣板用。

她能和人拉家常了。坐在人們的腳邊，一起剝毛豆米，總能夠一遞一聲地說著話，地道得很。

她有了性意識了。有一天，大人無意間撞見了，百思不得其解，才剛兩分鐘前，她還是個坐在窗沿下玩泥巴的小孩子，這件事情是從什麼時候開始的？它從何而來？

所有人都不知道。

它是一個謎，永遠沒有解釋。

人們只是震驚於這樣的場景，搖了搖頭，也不想點破它。實在看不過了，也只會輕輕地拍一下她的屁股，若無其事地笑道：「怎麼這樣不爭氣！」說完了，就朝屋外走去了。

再也沒有比這更毛骨悚然的一幕。這個小姑娘站在客廳的陰涼裡，陽光沿著門洞灑進來一小塊長方形。陽光與陰涼是截然分開的，像人世的陰界與陽界。

她睜著眼睛看到陽光裡去了。整個人就像一樁物體，也沒有感情，也沒有思想，只知道身體是熱的，脊背上冒出汗珠來；也是冷的，冷到慘然的地步。

在那以後的日子裡，照樣也「行樂」，只是冥冥之中總看到一雙眼睛，它是慈祥的，沈默的，飽含世故的。它在她的身後，在她的頭頂上，在角落裡。有時候真是擔心的，抬起頭來，怕屋頂上會生出一雙眼睛來。它無處不在，它是神的眼。

還有那雙手，那是一雙溫綿的手，充滿了老繭和溫度。它在她的脊背上只輕輕一拍，她的世界就亂了。

她還會聽到一種聲音，它是搭訕著說的，裝作很不介意的樣子。它說：「總這樣不爭氣。」那聲音隨處都是，它在空洞的世界裡飄著，隨處都是。

那聲音響徹晴空，在陽光底下，在飯桌邊，在和小朋友的遊戲裡，在睡夢裡。她一下子就驚醒了，她知道，那聲音在她的身體裡。它是她身體的一部分。在她出世以前，它就深遠地、恆久地存在著。

在她出世以後，它來到了她的身體裡，它跟隨著她——它跟隨著她，如影隨行。

它是人體的一部分，它是羞恥心。想起來，人哪兒來的羞恥心呢？它是伴隨著身體的快樂而產生的，可是身體哪兒來的快樂呢？它也是亙古的嗎？它地老天荒嗎？它大於人嗎？

她曾經是那樣一個安寧而美好的小孩子，有著薄如蟬翼的單純的笑，笑得蒼茫，也坦然——她心中的熊睡著了。

她心中的熊也常常醒過來，它醒過來的時候，她的世界就亂了套。她要跟自己的身體作鬥爭，就像一頭真正的母獸，她暴力，殘忍，也溫柔。那是一場曠日持久的、沒有勝負可言的鬥爭。它是全方位的鬥爭，跟羞恥心，跟快樂，跟虛無，一切全亂了套。

那裡頭有傷亡，人的弱小，真正的傷心。一場偉大的悲劇，值得同情和吟唱。

很多年後，我想起一個人身體快樂的源泉，它到底來自哪裡？想起一個人的羞恥心和犯罪感，為什麼在她的童年時代，心智還完全混沌的時候，就來得如此磅礴險惡？

在我成年以後，我翻看了佛洛伊德的性手冊，裡頭也涉及到了弱童的性行為，在那些花樣繁雜的姿勢中，我找到了小桔子用過的家具。佛氏說，如果你在飯店用餐，看見隔壁桌子旁坐著一個小姑娘，她的坐姿有些古怪。她坐在一條長凳子的拐角，正在用力。她看上去很緊張，卻又目光散淡。佛氏說，這時候你大約就可以斷定，這個小姑娘在自娛。

佛氏還說，對於有些孩子來說，這種性行為會伴隨著她的一生，她一生的大部分快樂都是她小時候動作的延續，那不僅僅是快樂，那也是焦慮與孤獨。

對於有些人來說，快樂從來不是憑空產生的，它的源泉是焦慮與孤獨。

我要說的正是這個。我要說的不是一個孩子的性行為，而是這個孩子的焦慮與孤獨；那由性行為產生的羞恥感，那由羞恥感產生的黑暗。

我不知道羞恥感從何而來，黑暗將把人帶向何方？我百思不得其解。

我後來寫小說了，我猜想，小說也不能回答這個問題。但是我仍以為，這是構成我日後寫作的一個重要原因。

在很多小說裡，我看不到這個「原因」，看到的只是一個女人，在她的童年時代，對自己的身體進行頂禮膜拜。看到的是在一間黑暗的小屋子裡，她就要開始致命的飛翔了。看到那些淋漓盡致的場面，怎樣從我們的眼前一頁頁地被翻過。看到對自己隱祕的熱愛和渲染。

隱祕並不重要，是不是？我們每個人都有隱祕，必要的時候，我們要學會沈默。我們每個人都有自己不可替代的成長史，外物對於自身的戕害。那是辛酸史。

誰不辛酸呢？人活著並不容易，是不是？我們生下來就得受苦。有一種時候，我們要學會冷酷，教自己怎樣去承受。我們不必抱怨，有一種苦難，在我們出世前就注定了，人類幾千年的文明史都不能改變它，更何況我們？

我們要承認自己的弱小，在這個世界上，有一些東西，是人力所不可及的。想一想，難道不是這樣嗎？我們要認輸。

再說肉體的快樂，也不像有些人所渲染的到了「致命」的程度。那不過是人的快樂，凡是涉及到人的事情，還有什麼大不了的呢？我也不喜歡在我的小說裡，看到對於性的詩意的描寫。我從不描寫，也反對詩意。性就是性，它存在著，是人類的一部分事實。僅此而已。

我的題外話說得太多了。總之，在這章關於「性」的小說裡，我不希望讀者僅僅看到性，我希望你看到性背後的東西，它不是激情和熱情——這個我不關心。我關心的是悲傷。

我要說的悲傷，就是一個孩子對於性的壓抑。沒有人教她壓抑，是她自己這麼去做了。那時候她還小，也沒有學會看圖識字，也就是說，她並不知道，性壓抑是人類文明的一部分。人類文明的歷史，就是在一塊空白的地方，無緣故地為自己畫地為牢。

人高尚地約束自己，並以為這是對的。他們約束自己的同時，又要求釋放自己，所以，人總是傷心無聊的。

很多年前，這個女孩子大概並不知道，文明，犯罪感，羞恥心……在某種意義上是一個等同的字眼。她只知道，她的身體有需求，而對於一個孩子來說，有需求就等於犯罪。冥冥之中，總有這樣一個聲音在告訴她。

我剛才也說過，那聲音就在她的身體裡。在她出世以前，它就亙古地存在著。它等著她。那就如一條電流，它從很遠的地方來，擊中了善良、弱小、蒙昧的我們，每個肉身都不能倖免。它帶我們到很遠的地方去了。

我再說一遍，那是七〇年代中期的日常中國，家家戶戶的牆上掛著毛主席的畫像。他穿著中山裝，風紀釦扣得很嚴實。

人們照樣很窮，穿著也樸素。心思在某一瞬間會接近瘋狂。

人們都是性的人。可是性對於他們來說，已經不再是個問題了，因為他們是成年人。可是，性對於一個孩子呢？這不是那個年代所能解決的問題，他們也不關心，它被他們遺忘了。

小桔子死在她六歲那年的春天。

她死於肺結核，很心平氣和的一種死。那年冬天，她和父母一起回老家過春節，就再也沒回到過微湖閘。

她原本體質柔弱，常常咳嗽著。我奶奶有一次對楊嬸說：「這孩子面相薄，怕活不長呢！」

誰也沒想到她會死得那麼早，才六歲。她死在醫院裡。

我能想像的，她躺在病床上，一天天地睡著了。白床罩底下是瘦弱的、正在衰竭的身體。有時候，她拿手撫摸著自己的身體，溫熱的，胸口像是要出汗了。鼻息像是小蟲子，爬上了床罩，堵在她的臉上癢癢的。

她換了個姿勢，把身體往床裡更深地陷了陷。床頭櫃上有一只漱口杯，還有一只網兜，裝了四五只蘋果。她的鄰床睡著了。空氣裡有刺鼻的、福馬林的氣味。

她常常問母親，她什麼時候能回家。

她母親回答說，再有幾個月吧，等春天來了，窗外的樹梢發綠了。

她說：「到那時候，我就可以脫去棉襖了，穿毛衣和新裙子了。」

她母親笑道：「穿裙子還早了點，要等到夏天呢。」

有時候，睡累了，她也會坐起來，看窗外灰藍的天。窗口有一些穿白大褂的人走過了，手裡端著銀白盤子。一個小孩子趴在他母親的肩膀上哭泣，一邊卻東張西望的。

每天看見的總是這些人，也看厭了。可是能看見總是好的。

她的身體越來越弱了，身體在大人的手心裡變小了。說話有時接不上氣來。可是也沒想到會死。她跟母親說，她要等到長大成人的那一天……可是長大了又會怎樣呢，她也覺得茫然。

長大總是好的吧？有新衣服，男孩子，生死不渝的愛情，像她父母一樣和睦的婚姻。再弄出幾個小孩子出來……她有強烈的做母親的欲望，每天抱著布娃娃睡覺，和它說話，親它，為它洗臉，為它換尿布。心裡憑空生出一種廣博的、柔軟的情懷。

她會想到快樂嗎？在那微妙、精細的一瞬間，快樂像閃電一樣擊穿了全身。閃電曾穿過她從前時光裡的某一個時刻，有多少次，她還能記得嗎？她還能記得她的痛苦嗎？她的羞恥感？

她倦了，漸漸地睡著了。

她越來越多地沈睡了。病總也不見好，咳嗽得更厲害了，身體乏得很。她隱約覺得她會死，有時也害怕。可是死對她來說太空洞了，也難以想像它是什麼樣子。

有時候睜開眼睛，天亮了，看見窗玻璃上映著霜花，小小的六角形，玲瓏剔透的樣子。天很冷吧？她母親正在倒開水。隔壁床位上又換了一個新病人。聽母親和姐姐在悄聲嘮叨，得知原來的那個病友死了，被送到太平間了。

她迷迷糊糊地聽了一會兒，也不曉得害怕，但是知道自己是活著的。

四五月間，她母親回微湖閘上班了。仍是平常的樣子，梳著整齊的短髮，一絲不苟地走路。她不再說起小桔子了。

只在別人問起了，她才會簡略地說兩句。頭轉過一邊去，眼睛裡汪著淚水。從她的片言隻字裡，大家知道，小桔子是被草草埋掉的。在鄉下找一塊地，用草席子裹了，培上土，豎起一個小小的墳。這是當地的風俗，小孩子沒了，不適宜重葬的。也不適宜太過傷心，因為不吉利。

我奶奶也說：「要拿小孩子當小狗一樣養活。小狗死了也不過如此。就像家裡的一只水瓶打碎了，橫豎就當少一件東西，不值得太傷心的。」我奶奶也哭了。

小桔子漸漸被忘卻了。

她上面還有三個玲瓏可愛的姐姐，她母親也狠心地說：「就當我沒生養過她。」

小桔子死了，我還有別的小朋友，像小鳳子，楊嬸家的三姐，吳姑姑家的小蓉和小海。還有很多我忘了名字的人。都是肩挨肩的孩子，大的也不過才十來歲，小的呢，也能跌跌撞撞地跟著跑了，一起起鬨了。

我不知道別的孩子，是否也有小桔子那樣的祕密。我沒看見過，他們也從未向我說起。總之，童年對我來說，是分成黑白兩片的。黑的是我剛才所說的隱祕，白的那片裡有陽光，燦爛的綠草地，童話書，友情……那裡頭有真正的童年，一天又一天，緩慢而遲鈍。

那裡頭有簡單的思想，純潔爽朗的笑聲。真的，從前是那麼愛笑，為一點不相干的小事情，幾個孩子站在牆角，笑彎了腰。

這兩片世界於我，是各自獨立的，也互不打擾。

很多年後，當我回憶起白的世界時：沸水灼傷了皮膚，胳肢窩被人搔撓時的癢樂。周圍嘴上沾了一團墨水。嘴裡含著的水果糖的味道。冬天的早晨，臉上有友誼牌雪花膏的冷香。屋簷上掛下來長長的「凍溜溜」，像童話裡的世界。天真是冷呵，冷得無處躲藏。鼻子凍得通紅，冷，麻，不愉快。

總之，這是無性的童年，它清澈，澄明。像沈沈睡著的夏天，看得見少女們穿著及膝的花布裙子，塑膠涼鞋，小方領的白洋布襯衫。看見她們在林蔭道上走著，手劃著樹幹，斑駁的梧桐葉的影子落在她們的衣衫上。看見前排一戶人家打開了後窗，有人從窗戶裡探出頭來。

關於童年的記憶還有很多，也許每個孩子都有過類似的記憶。不同的是，有的孩子只剩下了這些記憶；而有的孩子呢，除了這些記憶之外，還有更加灰色的、暗淡的記憶。那是一個孩子的性意識，那不是她的全部，可是，那是她全部記憶裡最困惑、煩擾的一部分。

一想到這部分，她就醒了，寒寒縮縮的，不舒展，有種在陽光底下突然打了個冷顫的感覺。

很多年後，我已經忘記了小桔子。我沿著童年的足跡一步步地往前走著，雖然步履艱難，可是在某個瞬間裡，也有生的喜悅平安，一點點地滲入了我的身體裡。我的眼裡因此含著淚水，我對這喜悅平安懷有感激。

我看著自己怎樣從童年的桎梏裡一點點地走出來，還算不錯，我身體健康。幾乎隔一陣子，人們就會看到我身體的變化。人們驚訝著，發出嘆息的聲音。人們說：「時間真快呵，幾個月不見，小蕙子又長高了一點點。」

人們又說：「時間就是這樣過去的吧？我們自己是看不見的，可是一天天地，小孩子長大了，我們老了。」

總之，在那以後的歲月裡，我茁壯地成長，我聽到骨骼在我的身體裡拔高的聲音。我念小學了，坐在窗明几淨的教室裡，跟老師念「a、o、e」，我認識了很多漢字，山川，河流，祖國。爸爸和媽媽。工人和農民。春天來了，春姑娘穿上了綠色的衣衫。

我認真地念著詞句，抬頭看窗外，對於世界的初步認知也許就這樣開始了吧？世界越來越大了，它新奇，廣漠，很多不可觸及的人和事，越過時空來到了我的視野裡。它們在報刊雜誌裡，書籍裡，課外讀物裡。

我態度端莊地看《人民日報》、《新華日報》、《半月談》，我讀報的嚴肅勁兒總是讓我父親忍俊不禁。有時候他也自嘆弗如，他對我母親說：「她現在的記憶力比我好。」一這是真的，那一年我不過才十歲，竭力去記住很多東西。一些抽象的、大而無當的詞語填塞了我略嫌擁擠的記憶，可是還不夠，總嫌不夠。我要記住它們。

我記住了華國鋒，葉劍英，鄧小平。十一屆三中全會。我記得自己怎樣坐在夏日的院子裡，聽父親和他的朋友們談正在蓬勃發展的蘇南經濟。那是八〇年代了。星球大戰計畫正在實施。阿富汗人民處於水深火熱之中。戰爭，瘟疫，饑荒奪走了脆弱的、蓬勃的生命。

我喜歡拜倫和雪萊，因為他們的漂亮。不喜歡喬治桑，因為她的放蕩。

我越來越多地沈默了。

我感覺我身體的一部分力量走了，新的力量來到了身體裡。我堅忍，挺拔，更加傷感。常常為一些不關己的事情默默地淌眼淚。我有了新的、廣大的情感。

我覺得自己老了，看到了一切，一切都不再新鮮了。我的身體正在成長，可是思維漸趨緩慢。我以平靜的眼光看著自己的同齡人，那些可愛的少年們，他們早戀，在夏日的籃球場上奔跑，他們汗漬淋漓。她們穿著花裙子，在課間十分鐘裡，爭分奪秒地跳橡皮筋。她們的影子在陽光底下飛起來了。

我看著，心情愉悅，並微笑著。對這個世界，我寬厚，容忍，有自己的愛和疼惜。

我並不以為，這一切應歸咎於小桔子。真的，並不相干。很多事情是沒有因果的，我不想誇大其辭。事情對我來說，是分段敘述的。這一段與那一段是沒有關聯的。

我只是想起了小桔子，她死得那樣及時，還沒有來得及長大。我代她長大了。

我想起了她的小小的墳，現在已被填平了吧？她融入到泥土裡去了。我想起自己對她的感情，好像很難說有什麼感情；即使很多年前她剛死的時候，我也未掉過一滴眼淚。死對我來說，是那樣的抽象，遙遠，我想我會活得很長。

我代她活過了漫長的二十五年，今年，我三十歲了，可是我並不懊惱。活著，我才得以看到了更多的事情。有的事情不看也罷，可是看了，雖不愉快，也沒什麼不好。

我看見我童年時代的榕樹開花了，那是在很多年前，我和她站在樹底下；我們仰著頭，看見了滿樹的枝條上，爬著粉色的小花朵。那就像過年時的焰火，在日光下靜靜地綻放了。

我看見自己走在下午的林蔭道上，那是在她死後的日子裡。我搬著一條小板凳，板凳上放著兩個酒瓶子。我正在幫奶奶搬家，我們家要從左後排搬到右前排。我是如此喜悅，勞碌。我對奶奶說：「把這兩只酒瓶也帶走吧，扔了可惜的。」

我想小桔子還活著，她也會幫我搬家的。

我坐在新家的窗戶底下，那樣無聊的一個下午，也沒事可做。我喝了一口水，把衣衫掀起來罩在自己的頭上玩。我玩了整整一個下午，喝了兩杯水，把小肚子撐得鼓鼓的。我還把手伸進衣服裡撓癢，就這麼東撓撓西撓撓，自己會咯咯地笑起來。從來沒見過那樣邋遢的下午，我做了很多無聊的、莫名其妙的小動作。

可是即便無聊，小桔子也不能體會了。這麼想的時候，我覺得活著也好。

chapter6 · 叔叔和他的女人們

我叔叔生於一九五五年。

他長得很美，他是長方臉兒，乾淨膚色。他長著亞洲男人特有的、好看的單眼皮，他的嘴唇端正而單薄。他體態瘦削，身材在中國人中偏高。我總覺得他身上有一種氣息，那是很多年前，他身上的青春氣息。

我們家的男人都生得美，他們的容顏裡有一種教女人著迷的氣息。那不是後天的，跟文化和學養也沒有太大關係。那是先天的，他們敏感，內向，脆弱，骨子裡很羞澀。像我爺爺，我父親，我弟弟，還有我弟弟出世不久的兒子，他生於一九九七年，今年才三歲。

總之，你可以看得出來，那就像一條血液鏈，貫穿於他們的筋骨和脈絡裡，顯現於他們的容顏上。這是祖輩流傳下來的，多少年來都不能改變！誰沒做過父親，誰又不是別人的兒子？誰的身上不流淌著讓他們癡迷的、神祕的家族血液？人是不同的人，都有獨立的思想和肉身，經歷過不同的時代，有的享盡榮華，有的歷盡貧困艱辛，有的在年少時就死了，有的活得久長……可是不管怎樣，他們都姓同樣的姓，他們是別人的父親和兒子。

有一種東西，流淌在他們的血液深處，一代一代就這樣被繼承了下來。

「相像」就是這樣的一種東西。否則你怎麼解釋，一個人面對他祖先照片時的神往和沈思。在那一刻，他端莊，嚴肅，凝聚了豐盛的情感，他也困惑。他看見那個死去的人又活過來了，他躺在他的身體裡。他看見自己走進照片裡了，他和照片裡的人合而為一了。

親情可以解釋為這樣一種源遠流長的情感，它隱祕，深遠，在某一瞬間也會狂熱。那是因為他愛自己，他把對自身的感情轉移到跟他「相像」的人身上去了。

我叔叔也繼承了我們家男人一貫的美，他的容顏裡有一種特質，它不是陽剛氣，也絕非陰柔，應該說，它是兩者的混雜。我想了一個詞叫「清朗」。

我喜歡清朗的男人。在這類男人身上，你會看到某種微妙的女性氣質，它友善，親和。我想，就廣泛意義上的人來說，最具感染力的還是那種雌雄結合體吧，它集聚了男人和女人身上部分的美質和弱點。

很多年前，我見過我叔叔的一張照片，那也許是我父親的——他們年輕時是很像的。那是張一寸黑白照。照片中的他，正和一個小夥子在檢修機器，那一年他十八九歲了吧？他穿著背心短褲，兩個人似乎正在說著什麼，在鏡頭對準他們的那一刻，他不經意抬起了頭。

或者呢，他們是專為照相而設計的，兩個人選了一台機器作為背景——很多年前，檢修工人對他們來說還是一個自豪的字眼吧？就這樣，他笑了起來，有點倉促，笑容還沒有來得及展開。那完全是孩子氣的、蒼茫的笑。

整張照片因他的笑而生動了起來。他秀氣的長方臉上有懵懂無知的喜悅，他清平的眼睛微微地瞇縫著，那裡頭還來不及盛下內容。他那麼美，天然，燦爛，不加修飾。

我還能記得我面對照片時的愉悅心情，那是在很多年前，我還是個孩子。我變得小心，景仰，充滿歡喜。我見過我叔叔的很多張照片，那都是在他年輕的時候，七八〇年代。他穿著軍裝的樣子，他在籃球場上奔跑的身影。他和我父親站在爺爺身後的合影。他臉上的孩子氣漸漸地消失了，他成了一個中年人。

照片也由原來的黑白照變成了彩照。我看著時光怎樣從照片的變遷中走過了，我叔叔也長大了，他戀愛了，結婚了，有了兒子。他臉上開始有了時間的風塵，他臉上的線條變堅硬了。

我的相冊裡至今還保留著一張照片，那是他和妻兒的合影。那是在一九八九年，他背著手站在自己住的公寓前，馬路很清靜，馬路的對面有一家水上樂園。

總之，在這張照片裡，什麼都有了，風景，陽光，六角亭的拐角，還有一個美滿的小康之家。他兒子站在他們夫婦中間，他兒子六歲了，正在上幼稚園。我叔叔面無表情，只是背著手站著。總之，你可以想像得出來的，他完全是一個父親了。

這張照片被保存在我的相冊裡。有時候，無意間看見了，心思總要在上面停留一會兒。它引起了我微妙的、複雜的情感。你也許不相信，它甚至會讓我心疼。箇中原因，我至今也很難說得清楚。

我叔叔從前也是個調皮的孩子。

我聽我母親回憶說，她做新娘子的那會兒，我叔叔還是個少年，整日無所事事，在村子裡遊蕩，也沒人管教。那時候，我爺爺隻身在城裡工作。偶爾，我奶奶會帶著三個孩子（我還有一個姑姑）去看爺爺。就這樣，一家人一起過上幾個月，又回來了。

這是他們的童年。

少年的叔叔頑皮，偷懶，也偷嘴。他最親切的記憶就是鄉村，在那片貧瘠的土地上，他自由，天馬行空。他常常記得的，就是和小夥子們偷吃嫩玉米。我能想像的，他們怎樣在高而密的玉米地裡穿行，他們奔跑，耳邊一片呼呼的風聲。很多玉米稈倒下了。偶爾，他們也會撞見男女偷情的場面，也來不及停留，一邊還要嚇唬他們：「快跑，有人來捉姦了。」

我叔叔後來把這情景給描述出來，我父母便笑了。

我奶奶也咬牙笑道：「誰呀？不可能是外村人，你肯定認識的。」

我叔叔說：「看不清呀，月亮地裡，兩個人臉蓋著臉的……」

我奶奶便笑著呵斥他，把話題引開了。很多年後，我叔叔回想起這一幕的時候，也是忍俊不禁。他說：「那時候不知為什麼，總覺得餓，不停地吃，不停地餓。對其他的事情倒遲鈍了。」

總之，他們用這種方式偷吃過很多東西，那都是田裡珍貴的東西，未起的紅薯和花生，鮮嫩，爽口，水汲汲的。還有鄰居家的青棗子，菜園裡的青柿子，西瓜地裡未熟的西瓜……替人看守果園的時候，也偷吃蘋果和梨。來不及地吃，快樂地吃，吃得忘乎所以，吃著吃著就睡著了。

很多年後，我叔叔回憶起的時候，也覺得是糟蹋天良。他說：「反正白天看誰不順眼，夜裡就去他田裡看看，弄點東西吃吃。」

我叔叔也偷懶。我母親做新嫁娘的那會兒，著意要在我奶奶面前表現，天不亮就起床推磨。推累了，頭暈了，她就在窗前喊「小樓子」——小樓子是我叔叔的乳名。那時候，我父親也在城裡工作，家裡沒人可替換的。

她說：「小樓子，起床推磨了。」

小樓子就起床了，和我母親一起推磨。才十四、五歲的孩子，睡得迷迷糊糊的，神智也不清醒。等他清醒了，他就對我母親說：「你先推著，我去趟廁所，一會兒就來。」

多年以後，我母親笑道：「你叔叔鬼著呢，只要叫他幹活兒，他的尿屎硫磺屁就全來了。你們家男人都是這樣，表面溫順，骨子裡卻壞。」

我叔叔十五歲參軍。不久，我奶奶也帶著剛出生的我，來到我爺爺工作的城市，當時叫做清江市的；後來，我們又隨著爺爺輾轉來到了微湖閘。

從此，我在閘上安居了下來，一住就是七年。我在前面的章節裡已經講過，我在微湖閘度過了我生命中最初的、也是最快樂的時光。那是沒有父親和母親的時光，那是等待叔叔的時光。

我是那樣熱愛我的美叔叔，那幾乎是與生俱來的。我知道他在遙遠的浙江，那裡山清水秀。我知道他已經十八歲了，正和師長的女兒談戀愛。

那是他的初戀，他心情愉快地被一個姑娘追逐著，喜愛著。

帶來這個消息的是他的戰友，他說：「李小洪在部隊很受寵，師長喜歡他。師長的女兒也很漂亮。」

他又說：「李小洪前途無量的，他已經入黨了，要是留在部隊，說不定還會提幹。」

我奶奶端詳著兒子的照片，狐疑地搖著頭。她怎麼也不能相信，照片中的那個年輕人是她的兒子，他已經長大了，穿著黃軍裝，戴著紅領章。他靜靜地睜著眼睛，笑眯眯的。

我奶奶說：「我看別人的孩子總覺得漂亮，自己家的孩子怎麼看怎麼平常。」

她又問：「那個姑娘真喜歡他嗎？」

他的戰友說：「何止是喜歡，她簡直為他發狂呢！」

我們都笑了。天知道我是多麼愉悅，我在床上翻跟頭，把腿倒立在牆壁上，嘴裡發出嘰嘰咕咕的聲音。

我一天天地盼著自己長大，因為我奶奶說，我長大了，我叔叔就退伍了，一家人就可以團聚了。我常常問奶奶，叔叔長得跟照片上一樣嗎？他好看嗎？

也有一種時候，我獨自玩著，突然想起了叔叔，心裡一陣歡喜。我跑到屋裡去，找出來我的小背心、鞋襪、手帕、我奶奶騙我做針線活用的碎布片，紮成一個小包裹。我對奶奶說：「我到浙江看小橋去了。」

小橋是我叔叔的乳名，他原來叫小樓，我發不出聲音來，所以就叫他小橋。這件事情，一直到我成年了，仍被大人取笑著。

我叔叔終於回家了，那是在一九七五年，他退伍了。他思鄉心切，離開了他心愛的姑娘也毫不足惜。很多年以後，我才知道，這是我們家族的傳統。我們家的男人，普遍地說，對於血統和骨肉親情有著無限的依戀，沒法解釋這種神祕的情感，要追溯起來，也只能說，它是一種骨子裡的東西，它溫柔，深遠，有瞬間的狂熱。

我們家的男人，對愛情並不用心，那就像他們單調一生中色彩斑斕的調劑品，他們喜歡女人，需要女人，某種程度上也欣賞女人，也尊重女人。

女人是什麼？是人，也有情感和肉身；是軟體動物的一種，就像貓；是脖子上掛的一個玉件，它價值連城，貴如生命，可也只是玉件。

他們愛惜她們，某一種時候，有充沛的情感和獻身的狂熱。他們也把玩她們，斜睨著眼睛看著，壞壞地笑著。

凡此種種，也適應於我們家的女人們，比如說我和妹妹。我母親是不算的。我奶奶常說，媳婦都是外來人，她們有自己的父系家族，到另一個家族來只是為了繁衍人丁，所以她們是外來人。

我想起了我自己，很多年來，一直處於血緣的迷狂之中。我困惑，變得傷感和小心翼翼。我端莊，更加壓抑。回首觀望我這三十年，幾乎沒有刻骨銘心的、無悔的愛情；一年年地往前走著，遇到的不過都是一些男人，風趣的，可愛的，暴躁的，善良的……我不是說我不愛他們，可是愛過也就忘了，有的也後悔，可是連後悔也忘了。有的還能記得清他們的面容，可是這個也不重要了。所有的熱情，盟誓，感動，隨著時間的推移，都煙消雲散了，就像從來沒有發生過一樣。

有的事情是沒法遺忘的，比如說，對親人複雜的、難以述說的感情。那是某種程度上的愛情，你相信嗎？

我說過，我的身體裡空剩下了愛情，那是留給我的家族，我的親人們的。它那麼豐盛，繁雜，我從不動用它。它是我終其一生也取之不盡的財富。我要保全它，讓它在我的心裡靜靜地開花。那都是一些飽滿的花兒，開得燦爛，開得鮮活，開到凋謝。等到我老了，死了，那些花兒也跟著我一起死了。

你很難想像，那是怎樣一種善良而莊重的情感，它溫綿，執著，無私。它也脆弱，天生就要受到傷害。它也深沈，因為不著邊際，難以言表。它也備受壓抑，因為古往今來，一向如此。

至今，我和妹妹說起家族的人和事時，仍禁不住地淌眼淚。我們只會淌眼淚，因為無力。

很多年後，我已經忘了我和叔叔當年相見的情景。那是一九七五年，我叔叔二十歲。我聽奶奶回憶說，我怎樣躲在大人的背後，瑟縮著身子朝叔叔看。

人們把我拉出來，介紹給叔叔說：「這是你的姪女，叫小蕙子，成天念叨你，喊你叫小橋。」

我轉身朝屋裡跑去了。

眾人都笑了。

就有人說：「她不好意思了。一清早就在那兒發脾氣，因為不知道穿什麼衣服，也不知該怎樣招呼你才好。」

我叔叔也笑，只是驚奇著。很多年後，他回憶說，他當時竟不能相信自己的眼睛，一個小孩子就這樣憑空立在他的面前，他少小離家的時候，她還是個虛空；五年過去了，她已長成一個小姑娘，紮著羊角辮，穿著碎花布的罩衫，躲在人群裡瑟縮地笑著。

他的父母都還健在，只是老了；兄姐在遠方，富足平安；他出門在外的這幾年，家裡多了一口人丁……生命是一件奇妙的事情。

我奶奶也不能相信，她的兒子已長成了青年，他眉目明朗，身體偏於瘦弱。她希望他能結實些。她笑了，輕輕地側過頭去，拿手抹眼淚。

從此，一家人就齊全了，我，爺爺奶奶，還有叔叔。我們住在三套間的平房裡，屋子裡窗明几淨，屋外的老榕樹每年都要開花。白天，爺爺和叔叔上班去了，奶奶在屋子裡做著針線活，我坐在門口，一個人玩「蒸饅頭」的遊戲。

臨近晌午了，奶奶便拍拍手掌，撣撣衣裳，起身做午飯了。再也沒有比這平安的一天又一天，歲月是如此的悠長，緩慢，沒有盡頭。人們在歲月裡沈睡了。人們覺得安全。人們不會擔心，有一天突然醒過來，這樣的歲月就到了盡頭。

歲月又恢復了原有的樣子，只是對我來說，它多了一個美叔叔。

我叔叔就這樣順理成章地來到我的生活裡，他在微湖閘工作，過日常生活，他有了新的朋友。在我的視線所及之處，他和那段時光一起盛開了。

那是七〇年代中期，他蓬勃，恬靜，富有情感，有過剩的精力。他笑得燦爛，有一口好看的白牙齒。他的膚色是那樣的潔淨，在陽光底下泛著柔和的光。在陽光底下，他的四肢上也生長著細密的、棕色的絨毛，那年輕的、柔軟的絨毛呵！

我叔叔戀愛了，和趙集的一個姑娘，在微湖閘做臨時工，我們都叫她朱姑娘。朱姑娘很美，這是不言而喻的。我叔叔這一生交往的女人都很美，除了我前面所說的小佟，小佟不美，可是她有身體，也正緣於此，我覺得叔叔沒愛過小佟，他只是玩一下罷了。

我叔叔說：「女人一定要美，這是她們的天職。」

說這話的時候，我叔叔還很年輕，是個靦腆的、倜儻的青年。他一向很少發表言論，尤其避免談論女人。可是心情好的時候，他也會跟我描述一個姑娘的美。

他說：「是這樣子的，她的手很美。……」他咬了咬嘴唇，說了一通我聽不懂的話，便笑了。

可是有一個姑娘的美，他最終沒有說出來，那就是朱姑娘。朱姑娘美得很含糊。你也可以說出她的大體輪廓來，比如說小方臉，大眼睛，微黑皮膚，勻稱身材……可是你描述出來的是另一個姑娘，她不是朱姑娘。

所有美的描述在朱姑娘身上都不適用，她是個獨一無二的姑娘。在這個姑娘身上，你不會只看見大眼睛，勻稱身材。你看見的是平淡的五官在她身上得到了完美的、神奇的組合。

她美得那樣淡定，羞澀。她不覺得她是美的，所以有些迷糊，她的姿勢也不夠堅定。

她大約常常是要自卑的。她是好人家的女兒，一個土生土長的小鎮姑娘，方圓幾百里地的美人。她父母都是地道的漁民，家裡有幾隻小船，她常常織網，手裡拿著梭子，動作麻利得很。

她梳著當年流行的長辮子，有時候她把辮子盤在頭上，更襯出那張臉的秀麗端莊。她衣著淡雅。普通的塑膠涼鞋，「的確良」長褲，碎花襯衫，都是當年姑娘們愛穿的樣式。她穿了，卻比別的姑娘們更有氣質，顯得協調，美好。

總之，她從她的小鎮脫身而出，把她放在任何一個時代，任何一個都市，她也不會顯得落伍。很多年後，我想著，造物真是一件奇妙的事情。造物主偏愛一個姑娘，給她一副好容顏，然後把她放在荒僻的鄉村，使她與知識和物質隔離開來——非常輕易地，再使她從這隔離中走出來。

她十八歲那年，家裡託關係把她送到微湖閘做臨時工，無非是希望她找個好婆家，轉正成機關工作人員。

就這樣，命中注定的，她遇見了我二十歲的叔叔。他們戀愛了。誰都羨慕這對金童玉女的組合。我叔叔把她帶到家裡來。就像一切舊式婦女，我奶奶把戀愛和婚姻等同起來了，她問了朱姑娘的生辰八字，並開始計算婚期。

有一天晚上，從不過問兒女私情的爺爺，也和奶奶說起了朱姑娘。他說：「人看上去倒是老實。」

我奶奶附和道：「家境也殷實，是可靠人家的姑娘。」

我爺爺說：「只是戶口問題……」

我奶奶打斷他：「總是可以轉的，我不是也轉了嗎？」

我叔叔對這樁戀情到底抱著怎樣的態度，我後來才知道。想起來，那只不過是一場戀愛，一個公子哥兒遇上了一個好姑娘，他喜歡她。她是他生命中最初的幾個姑娘之一，他的青春期才開始，他不想這麼早就結束了它。

他不太考慮未來，那似乎是很遙遠的事情。他是個溫順的、倜儻的青年，似乎也不太有野心。一切都是順理成章開始的，他的生活由他父母照應，他的父母還健在，他覺得很好。

他才二十歲，身體長足了，心智還是個少年。他常常笑起來，在陽光底下，他的好看的單眼皮燦爛地、茫然地瞇縫著。你不能責備他。

一切於他，就像流水一樣地開始了，他遇上了她，喜歡她，僅此而已。他富有同情心，也善良，他喜歡美麗的姑娘。有一種時候，你得承認，他是貪心的。他曾經說過，姑娘的美有很多種，所以給你的感受也有很多種。

他說過的。

很多年後，當他回憶起自己的年輕時代，他曾自嘲地笑起來。他說：「我也沒想到，自己竟那麼有女人緣！」他到處被人追逐，有很多女人為他發狂，他呢，也只是從她們的生命中輕快地、微笑著走過了。

有一次，他跟我說，他要在三十歲結婚。

他笑了，眼睛看著前方，下嘴唇稍稍往外凸起。說起前途的時候，他總是這麼一副淡淡的、嬉皮的神態。

我說：「那你會遇見很多姑娘，談很多次戀愛嗎？」

他拿眼睛看著我，手摸著下巴想了很久。

「也許吧，誰知道呢。」他笑了起來。

他帶朱姑娘去看電影，就像很多年後，他帶小佟去看電影一樣。他用自行車載著她，在黑夜裡走很遠的路。那是冬天，他穿著軍大衣，戴著棉手套和帽子，朱姑娘呢，頭紮著圍巾，只露出一雙眼睛和鼻子來。

天真是冷呵，兩個人靠得那樣緊密。我叔叔騎著自行車，在風中穿行。他彎下腰，身體幾乎貼著自行車的把手，以減輕風的阻力。手腳凍得冰涼，脊背上冒出冷的汗珠來。

有時候，他也停下來，問她冷不冷。

她只是笑著，搖了搖頭。

他叫她把手伸進他的大衣裡，抱住他的腰。她猶豫了一會。

我叔叔笑了，不由分說地拿起她的手，塞進他的棉大衣裡。

他們看的是露天電影，叫《閃閃的紅星》，就在趙集鎮上。銀幕前擠滿了觀眾，袖著手，不時地發出咳嗽聲。放映機旁圍繞著一些少年，他們不看電影，只看光束怎樣投射到銀幕上，變成了人和樹木，發出沙沙的聲音。他們驚嘆不已。

有人起身去小解，站在銀幕背後。他們看見銀幕上的人簡直是左撇子！一陣風吹過，銀幕上的人便撞到一塊去了，可是並沒有跌得東倒西歪，仍在一遞一聲地說著話。

那個小解的人也不理會，拾起傢伙抖了抖，收起來，又彎腰回到座位上去了。

多年以後，我叔叔跟我講起看露天電影的場景，講起他的少年和青年時代，總充滿無限的憧憬。他們是看露天電影長大的一代，一點點微小的細節也記憶猶新。他尤其記得的，就是總有人喜歡在光束裡伸開手指，或者突然站起來，這樣銀幕上就會投下他們的身影和手指印子。

很多經典影片伴隨著我叔叔那代人長大成人，成為他們青春時期最有力的見證。有一些片子，像《閃閃的紅星》、《鐵道游擊隊》，我叔叔不知看了多少遍，連台詞都會背了。自己看過了，又陪著同伴們看，又陪著姑娘看。

為了看一部電影，我叔叔他們能步行幾十里的夜路，也不覺得累，「說話之間就到了。」

有時候也騎自行車，小夥子們虎虎生氣，在夜路上賽跑。要是單獨約會姑娘呢，則是另一種情景了。

多年以後，我叔叔跟我講起《閃閃的紅星》裡的潘冬子。他說：「這部電影我看了五遍，四遍是露天電影，一遍在電影院裡。陪過多少人看過呵，正著看，反著看。」

我靜靜地聽著，也不答話。我想起了朱姑娘。我不知道叔叔是否也想起了朱姑娘。也許他真的忘了。在離開她以後的日子裡，他再也沒有提到過這個人的名字。他容易健忘。他有著我們家族的冷血無情。

她陪他看過《閃閃的紅星》，那是他的第幾遍電影呢？她陪他走過了他生命中最好的黃金年華，只有兩年時間，在於他是似水流年；在於她，則是刻骨銘心的一生。

朱姑娘該永遠記得那年冬天看電影的情景，那是在她的小鎮。她跑回家找了一條長板凳，兩個人緊緊地坐在一起，他拿大衣裹著她，把她摟進懷裡去了。她聞見了他身上的溫香，那是一個青年的體香。她該記得的。她跟我說起過。

她說：「你叔叔身上是有香氣的，他是靠這個來吸引女人的。」她說著笑了起來，拿鼻子在空氣中嗅了嗅。我至今還能記得她當時扭曲的、調皮的神情。

她什麼都跟我講。他不在身邊，她跟我說起的總是他。

那天晚上她沒有看電影，她只看他。她躲在他的懷裡，不時地抬起頭來，藉著微弱的光看他。她看不夠他。她和他在一起，她還想他。

她不知道怎樣去愛他。怎麼做也不夠。她看他的時候，她就淌眼淚，也不是哭，也不是傷心，只是淌眼淚。

他常常約會她。星期天的下午，兩人坐在屋後的地震棚裡，那大約是一九七七年夏天，全國上下掀起了「防震熱」，家家戶戶都搭起了簡易草棚，故名「地震棚」。

他們坐在草棚裡，身底下墊著報紙。門是敞開的，從門前走過的人，就會看見朱姑娘端正的坐姿。她攏著雙腿，拿手抱住了膝蓋，她把下顎抵在膝蓋上。

逢人走過了，她就會抬起頭來，也不答話，只是笑了笑，算是招呼了。我叔叔呢，閒閒地坐在一邊，抽著菸，向空氣中吐著煙圈，心情愉快地數著。

我跑回家去，就像報告一件喜事似的，迫切地對我奶奶說：「我叔叔和朱姑姑在談戀愛。」

至今，談戀愛這個字眼，在我腦海裡具象的表現，就是很多年前在地震棚裡，一對青年男女並肩而坐的場景。

那時候，我已經喊朱姑娘叫「姑姑」了。在家裡，她是被當作家庭成員的一分子看的。她住在我們家，因為家在趙集，每天上下班不方便，我奶奶便在家裡騰出一間房子。她和我們同吃同住，她溫順，孝敬，清潔，整齊。她爭著做飯，做家務，洗碗洗衣裳，「裡裡外外一把手哩！」我奶奶說。她正盤算著兒子的婚期。

朱姑娘對我也很好，她常常帶我進城去，為我買各種零碎的小玩意兒。我記得的，就是她送給我的一打花手帕，十二只。每只圖案都不一樣，有牡丹花，月季花……至今，這些圖案在我的心目中仍是鮮活的，它們盛開過。

有時候，我也會在商店門口停下來，看一個老人在吹糖人。他會做各種形狀的糖人兒，那些糖人都是用熟麵做成的，吃起來甜滋滋的。他拿一根細竹管插在糖人身上，輕輕一吹，那些糖人就活了，有圓圓的身體，笑著，皺著眉頭，哭了。

朱姑娘一旁看了一會，也買下了。

在商店對門，還有一個人蹲在地上賣塑膠小鵝。那些小鵝放在一盆水裡，在那兒漂啊漂的。賣鵝的人就逗我說：「小姑娘，買幾個帶回家吧，放在水裡養著，瞧，多可愛的小鵝呀！」

我不知道現在的老城區，是否還有吹糖人的，賣塑膠小鵝的，這些都是我童年的一部分，而我童年的一部分，也是和朱姑娘聯繫在一起的。

朱姑娘最終離開了我叔叔，也離開了微湖閘，她又回到了她的小鎮，趙集。她在那裡結了婚，嫁的也是漁民，她生了三個孩子。

總之，在離開微湖閘以後，我們再也沒有見到她，也很少聽到她的消息。偶爾，在微湖閘打短工的趙集人也會零星地說起她，我奶奶怕聽，藉故走開了。有時候，我奶奶也忍不住打聽她，得到一些資訊都是支離破碎的，也不能確定。

我聽我奶奶說，她過得不好，她是倉促結了婚的，她男人是老實人，懦弱，賣力，可是家徒四壁。說這話是在一九八七年夏天，我叔叔已經結婚了，有了兒子，生活平庸而幸福。

十年過去了，一個姑娘就這樣逝去了，一個青年漸漸安生，一段戀情也煙消雲散。

很多年後，我想著愛情到底是怎樣的一種東西，幾乎是從童年時代開始，我就看著一樁樁愛情從我眼前流逝了。我看見它們像花兒一樣地盛開過，在那些燦爛的日子裡，它給了一代青年血的滋養。他們從它那裡得到過真正的愉悅。

那是我叔叔那代人的黃金歲月，毛茸茸的小鬍鬚，籃球場上的接傳和奔跑，活力，友情，看老電影，在夏夜的閘上，聽成年人講色情笑話，朝閘底下的姑娘吐口水。

那也是我的黃金歲月，暴戾，多情，得到了所有人的愛護，那是我一生的溫暖。我想，對於人世的認識，也許從那些年就開始了吧？我為此種下了我一生的基調。

我看見我叔叔那代人的愛情，和時間、年華一起凋謝了。我迅速地成長起來。有的愛情是無疾而終的，像叔叔和朱姑娘。有的愛情呢，他們是奔著目標而去的，他們結婚了，生了兒子，活得索然無味，像儲小寶。

而小佟呢，她是個真正的尤物，一個人盡可夫的女人。她和我叔叔，和陳森森，和微湖閘的所有青年男子之間，到底存在著愛情還是友情，我至今也不得而知。那到底是怎樣的一種男女關係呢？

還有朱姑娘，我不知道她怎樣捱過了那段艱難的歲月，她被人拋棄了，不是嗎？那一年她才二十歲，正是一個姑娘把愛情當作生命的年歲。她是把我叔叔當成命去愛的，總也愛不夠，什麼都不足惜。

他是她的初戀。他曾經是她身體的一部分，就像她的牙齒，她的呼吸，她的四肢和手指頭。他是她的習慣。少了他，她身體的每一部分都會疼痛；少了他，她還能活下去，可是很勉強，懶惰，她活得費力，自暴自棄。

在那些暗淡的歲月裡，我猜想，她和我一樣，從不敢去想「他」。我們都是女人，不是嗎？我們都曾受過傷害，那是一種毀滅。我們的天空都曾因為男人而暗淡了下來。

所不同的是，那一年她才二十歲，比現在的我年輕多了。她決定拿她的一生去賭，她迅速地結了婚，她不服輸，她要報復。可是這種報復，對於我叔叔來說，已經無濟於事了。他忘了她，在以後的歲月裡，她的一切與他是不相干的了。

我想，朱姑娘要是再等幾年，到了我這樣的年歲，她就不賭了。我已經過了賭氣的年歲。我心平氣和地生活著，和男人相處。我對一切都很吝惜，包括錢財，愛情，前途，我斤斤計較，摳得很。現在的我，是把愛情當作錢財，一分一釐去計算的。

我想朱姑娘再過幾年，也會這樣子的。

朱姑娘會後悔嗎？不知道。也許她後悔過，可是接下來連這後悔也忘了。她來不及想太多了。有了孩子，每天出航打魚，生活的重擔像黑暗一樣壓下來。花一般的年歲已經過去了，和一個花花公子的愛情就像一場夢。

這都是代價，很平衡的，拿一生的辛苦去換那兩年燦然的青春。沒什麼可抱怨的，這都是命。

我聽我奶奶說，朱姑娘後來把辮子給鉸了，總之，是個中年婦女了，剛過了三十歲，人已經老得不堪了。

我能想像的，他們兩口子坐在船上，她男人一旁撒網，她坐在船頭，一手拿著槳，一手托著孩子，那是她的小兒子，才過了週歲，還沒有斷奶。一陣風吹過，她的頭髮也亂了。她對穿著，也不像從前那樣講究了。她的臉上有雨打風吹後的痕跡。河面上有陽光的反光，她瞇縫起了眼睛。她的眼角有深深的皺紋。

在那一刻，她大約什麼也想不起了吧？

我奶奶常說，我們家對朱姑娘有愧。

有很長一段時間，她簡直不能提起她的名字，一說起她，她就會低頭抹眼淚。她又疼惜自己的兒子，年輕人的事情她全不懂。她這一生也沒體會過那種狂暴的愛情。她全不懂。照她看來，男女是注定要在一起的。結了婚，生了孩子，慢慢有了感情，就什麼都有了。她和爺爺就是這麼過來的，她也覺得很好。

她不明白，年輕人為什麼把事情弄得那麼複雜。

我爺爺也臊得很。他晚年最恨男盜女娼。他不久前還主持過一場儲小寶的批判會，可是他又不能批判自己的兒子。再說，他已經退休了，很多事情力不從心了。他老了，他那個時代過去了。

他曾找兒子談過一次，他很知道，在這類事情上，他作不了主。他只是臊得很。

總之，我叔叔的戀情結束了。他又恢復了自由身。他在陽光底下靜靜地生長，他從胸腔裡吐出陳舊的氣息。他並不知道，他怎樣傷害了一個姑娘，他毀了她的一生。他才二十二歲，他這一生還很長。

他也不知道，他該怎樣打發他這長長的一生，他從不計算。只覺得時間過得太慢了，有時又太快了，他來不及做很多事情。他簡直想飛起來。他覺得自己的身體輕飄飄的，空剩下了力量。有時候，走在林蔭道上，他忍不住縱身躍起，去搆樹叢深處的一片葉子。他吹著呼哨，手抄在褲兜裡，在廣漠的夜空下發出狼嚎鬼叫。

他心情很好，即便一個人坐著，拿手輕輕地刮著下巴，他也會發出孩子氣的、單純的微笑。

他唯一的心思，大概還是用來擺脫姑娘。總是有姑娘來糾纏他，有時他也糾纏姑娘。說真的，姑娘還真少不了，多了也煩，好不容易擺脫了，清靜了幾日，心思又回來了。

他喜歡漂亮的姑娘，像朱姑娘，以及後來的陳姑娘。他們互相善待過，不是嗎？他還能記得在那些冰天雪地的日子裡，他怎樣步行走幾十里的路，手裡提著網兜，網兜裡塞著點心和水果，他要去看他心愛的姑娘。他想和她說說話，逗她開心。

她哭了，他便把她圈在懷裡。他最怕女人哭，莫名其妙嘛，才剛好好的。他也不會哄的。有時候不耐煩了，他也不說話，只在她身邊來回踱步。他生氣了。她又反過來哄他。她黏住他的身體，把嘴放在他的耳邊吹氣，也不知在說些什麼。他心就軟了。

這一幕幕，他總記得的。想起來的時候，身心裡有一陣恍惚的溫暖。

他總不能讓姑娘們滿意。她們喜歡跟他談婚論嫁，他頭就大了。他不能說，他不想結婚；一則怕傷她們自尊，二則呢，有些事情跟姑娘們是說不清的。她們就會問：「為什麼不想結婚？人總是要結婚的。我有什麼不好嗎？」

他沒法回答。

遇到這種時候，他總是口吃，他躲閃。姑娘們的煩人之處也在這裡。有些事情，其實跟自己也說不清楚。很多年後，他都不能解釋，他為什麼害怕婚姻，婚姻又不是老虎。只不過是兩個人一起過日子，生兒育女，慢慢地老去。只不過是做了父親了，負有最起碼的責任。

他簡直害怕負責任，他也不想做父親。他怕自己會老去，變醜，身體不再有力量，他怕被人憐憫、照料。他害怕時間，他怕時間會毀了他的一切。他是個靦腆的、孩子氣的年輕人，有著秀朗的笑容。他常常笑起來，笑得單薄，羞澀，開懷。他喜歡打籃球。他看一切體育賽事，現場的，電視的，直播的，錄影的。

他看乒乓球，籃球，排球，田徑……就連曲棍球他也要看的，因為無聊。這些競技在任何時候都會吸引他的眼睛。他喜歡看人在足球場上奔跑，那裡頭有力量和汗水，有光榮和夢想，有心碎。那裡頭有一切。他常常和朋友們議論著。

你再也不會想到，很多年前，我叔叔怎樣在籃球場上奔跑。他是個技術嫻熟的高中鋒，運球，過人，擊掌。他的身體是那樣的靈活柔軟，他從人群裡穿過，一扭身，他簡直像在舞蹈。他投籃的姿勢也好看極了：一舉手——手腕稍稍弓起；一投足——腳跟輕輕踮起；乾淨俐落。他應該進國家隊。

你也不會看見，當年我叔叔騎自行車的樣子。他一口氣能騎幾十里，從一個城市騎到另一個城市，單純是為消耗體力。他還喜歡比賽。是這樣子的，如果在路上遇見了一個「小杆子」，彼此都不太服氣，那麼就有可能摽上了勁，也不吭氣，兩個人便開始你追我趕。

他們在風裡穿行，田野，河流，樹木……從他們身邊飛馳而過。為了速度，他們甚至閉上了眼睛。他們把身體趴在自行車籠頭上，腦子有一瞬間是空洞的，腳下忙個不停，屁股都抬起來了。試想，那是怎樣的一種情景呵，飛快地踩著腳踏，一邊回頭望，一邊挑逗性地笑。

後來我叔叔說：「我終於把那小子搞倒了，他不追了，他心服口服。」他撓了撓頭皮，不好意思地笑了。

至今，我也不知道，我叔叔怎樣擺脫了朱姑娘。費了點力氣，這是真的。那大約就像比賽騎自行車一樣，也是力量和速度的較量。可是那裡頭有傷心和恨，我叔叔倦了，乏了，多年以後他都不再提起。

我只看見過一次。那時候他們的關係已經壞了，我叔叔推著自行車，朱姑娘跟著，拉住了他的車座。我叔叔回過頭看她，寒著臉問：「你想幹什麼？」

朱姑娘瑟縮地放開手，只是站著，臉上有固執、難堪的笑容。

我叔叔說：「你回家去，給自己留點面子行不行？」

朱姑娘便哭了。

我叔叔嘆了口氣，聲音軟了下來：「我說過不行的——那就一塊走吧。」

就這樣，他們推著自行車遠去了，我叔叔在前，朱姑娘跟後。很多年後，我還記得這一幕情景。我看見他們的影子在夕陽底下拉得很長，疲憊，拖沓，不乾淨。也不知道怎麼弄成這樣子了。

我叔叔是在一九八二年結了婚，那一年他二十七歲。他大約是迫不得已，他讓他新任女朋友懷孕了，她後來成為我的嬸嬸。

在我嬸嬸之前，他大約還有些任女朋友，我也沒有見過。總之，我奶奶對新媳婦不甚滿意，大概就因為，她最終做成了她的兒媳婦。我嬸嬸年輕時有一雙漂亮的、炯炯的眼睛，小圓臉，是個可愛的姑娘。

我叔叔對這樁婚姻到底持怎樣的態度，起先，大約連他自己也不清楚。我聽我奶奶說，最初的兩年，他有些不太適應。

我能想像的，我那親愛的叔叔，一向單身慣了的。半夜裡醒來，突然看見身邊躺著一個女人，也許他要想半天，才能弄清楚這是怎麼回事。他看著身邊的女人睡著了，她蜷縮著身體，發出靜靜的呼吸聲。有一瞬間，他覺得自己不認識她。他不太習慣和一個女人同床共眠。從此以後，他們要睡在一張床上，每天晚上按時就寢，過一輩子，他簡直不能適應。

這就是一九八二年，我回到微湖閘過暑假時看到的情景。他們分床而居了。我嬸嬸住在裡間，他住在外間。起先，我怎麼也不能明白，一對新婚夫婦，竟是這樣的情景。

我問奶奶：「他們感情還好嗎？」

我奶奶淡淡地說：「還好吧。你看她整天歡天喜地的樣子！」

這倒是真的，那是我嬸嬸的蜜月期。她和她愛的青年結婚了，她衝破了父母的阻力，義無反顧地嫁給了一個對什麼都不能肯定的人。她獲得了小小的勝利。她有一種對未來生活茫然的、狂熱的獻身精神。她想著，再不濟，她也是悲壯的。況且，她是真覺得幸福。

他是個淡然的青年，有時也很迷糊。她簡直弄不懂他。偶爾，他也有心情開朗的一瞬間，會逗她說一些天真的、孩子氣的話，她也不理他。

他把手伸到她的懷裡去，說：「給我焐焐。」他開始撓她。她怕癢極了，大聲笑著，尖叫著。他把手伸進她的脖子裡，胳肢窩裡……她笑道：「不行了，我要死了，你住手。」

他方才住了手。他很聽話的。他什麼都聽你的，正經話，不正經話，你跟他糾纏，他也不惱。他脾氣好極了。

你跟他說一些嚴肅的話題，他便聽著，點著頭，臉上有淡然的神情。他打了個哈欠，把手握住了嘴。她說：「你沒在聽？」

他說：「聽了，我剛才是想打噴嚏。」她便笑了。

他突然翻身跌到床上，仰面躺著，說：「我睏了，明天再說行不行？」他拿眼睛看她，臉上有無賴的、哀求的神情。

她嘆了口氣，起身給他解鞋帶、脫襪子，給他端來洗腳水。她願意服侍他。有一種男人，你今生為他做牛做馬也願意的。

他們有了兒子，一個毛茸茸的小傢伙。起先，我叔叔簡直不能相信，是他造出這麼一個小東西來。他什麼都不缺，小鼻子，小嘴巴，小雞雞。他哭了，會吃飯了，會撒屎撒尿了。我叔叔簡直驚奇極了。他把手塞進他的脖子裡，喊來妻子說：「你看，他也知道癢了，他也笑得咯咯的。」

什麼都是真的。他能在床上爬了，睜開眼睛奇妙地看這個世界了。你教他說「啊」，他便說「啊」。你教他喊「爸爸」，他也說「啊」。他簡直好玩極了。

他喜歡摟兒子睡覺，他妻子不讓。她說：「你會壓死他的。」

他整天黏著她，她終於同意了。現在，一家人終於睡在一起了。

我叔叔仍酷愛運動，他每天下午都去打籃球。下了班，第一件事就是回家換運動服，抱著籃球就往外走。呂建國他們已在籃球場上等他了。那是一九八二年夏天，我看見他的身影仍像從前一樣，在籃球場上飛舞。他說：「接著！」一邊跑，一邊就把球傳到同伴的手裡。他打得有板有眼，跟結婚之前沒什麼兩樣。

他說：「人是要運動的，要不就會胖起來。」

他又說：「人已經老了，快有點跑不動了。這兩年明顯地感覺出來。」

說第二句話時，是在一九八七年夏天，我又回微湖閘過暑假了。五年過去了，我看見叔叔的身體有了變化。我不是說他胖了，那時候，他的身體還沒有發福。我只是感覺到了一點變化，那也許是他容顏上的，他臉上的孩子氣沒有了。他的眼角有皺紋了。他更加成熟了，穩重了。他是個男人了。

他常常往小佟家裡跑，我在前面已經說過，小佟是個人盡可夫的女人，微湖閘的任何一個青年男子都能從她身上撈到一點好處。她從不拒絕他們，就像一個母親。她能輕易搞定所有男子，使他們跟她發生關係，又使他們和善相處，不為她爭風吃醋。

我叔叔帶小佟去看過電影。我想，他大約真是無聊的，日子一天天地過下來，也沒什麼新鮮事。妻兒已經有了，這一輩子就這樣定了。年少時的理想也沒有來得及兌現，過往的愛情都丟在風中了，現在想來，簡直恍惚得很，什麼都不記得了。況且，她也是個可愛的女人，也有身體。

這件事情被我嬸嬸知道了。我那天真的、曾經為愛情獻過身的小嬸嬸，突然從婚姻的碎夢裡醒過來了，現在，她長成了一個女人。她厲害之極。有一天，她拿著一把刀，站在公用水池邊剖魚。她大聲地說，她要用這把刀把一個女人的下體給剜掉——這是書面語，她說得也沒那麼好聽。她是用土話罵出來的。

她沒有說那個女人的名字，可是所有人都知道她罵的是小佟。小佟在屋子裡聽著，鐵青著臉。她撇了撇嘴，從鼻子裡哼出一聲冷笑。

她後來委屈地說：「她為什麼不罵李小洪，單單罵我？又不是我一個人去看電影的。」

我叔叔也覺得沒意思透了。只不過看了一場電影，有什麼大不了！也值得這樣興師動眾！他又不能責怪妻子，她成天在家哭鬧，把頭往牆上撞得叮咚響。他也懶得去說她，從此撂開手算了。

我叔叔從此再沒找過女人，他身上的壞習氣都被我嬸嬸給糾正了。她發揚了他身上所有美好的品質，善良，正直，溫厚。他知道疼惜妻兒了，有重要的事情，他總是和她商量著。他唯一的毛病就是有點大男人主義，他粗心，有時也兇她。他發起脾氣來真是怕人的。

可她知道，這是不當真的。她願意在他面前做小伏低，她什麼都聽他的，這是給他面子。在一些重要的事情上，她還是能左右他的。

她說：「我要輔佐你，教你做成你喜歡做的事情。我要幫你實現你的理想。」

我叔叔覷了她一眼，冷冷地說：「你知道我有什麼理想？我沒有理想。」

她知道他是有理想的，有一次，他無意間告訴她，他想做一名警察。她有點感動，也為他的孩子氣笑了。她說：「大概是為了那身警服吧？」

我叔叔撓撓頭，不好意思地笑了。

不管怎麼說，我叔叔確實在很長一段時間，迷戀於去做一名警察。他為此甚至求過爺爺，打探他的熟人中是否有公安局的，是否能轉行。

很多年後，我弟弟做了警察，我叔叔還念叨起他的理想，唏噓嘆息著。他對我弟弟說：「也不知為什麼，當年是那麼羨慕，簡直眼紅得要死。不過沒什麼，你代我實現了它。」

我嬸嬸沒有幫助丈夫實現他的理想，他在微湖閘滯留了下來，仍從事他的水利事業。但是她確實幫了他。她站在他的背後，教他從基層一步步地做起，轉正，提幹。時機成熟的時候，他們離開了微湖閘，到一個更大的水利部門就職了。

現在的叔叔是一個大單位的中層領導，有車，手裡掌握著幾十口人的生存問題。他混得不錯，整天絞盡腦汁，疲倦，操心，有時也憤怒，常常就拍案而起。他累極了，不停地應酬，晚上喝得醉醺醺的，回家倒頭就睡。

可他有時候也挺滿意，他有一點成就感，不是嗎？男人一生為的是什麼，不就是為這點微不足道的成就感嗎？有點微醺的感覺，身體就要飄起來了。

你再也不會想到，我現在的叔叔是什麼樣子。他胖了，也沒到難以忍受的地步，可他確實是胖了，高大，臃腫，臉上紅光滿面的，有很多肉。

他有了啤酒肚子，買衣服都挑大號的。他不再運動了，這個習性在他三十五歲以後，就戒了。只在週末，逢著他沒有應酬，他便鎖定體育頻道，看上一會兒。他的神情有些呆呆的。

我不知道我叔叔，坐在電視機旁，曾有過怎樣的感想？他傷懷嗎？他無比懷念那段時光，他跟我說起過的。他說：「什麼都換不來的。」

如果必須有代價，他願意拋棄他現有的一切，他願意窮困潦倒，願意赤身裸體走進那段時光裡去。

那是怎樣的時光呵，才十年時間，他願意用一生去換。他說：「換不來的。」

他把身體深陷在沙發裡，食指和中指按在大腿上，交叉跑動著。

他抬起了頭，他的眼睛裡有瞬間的光亮，他笑了，下嘴唇習慣性地凸起。

只在那一刻，我看到從前的叔叔又活了。

我看見從前的叔叔走在那段光陰裡，他對那段光陰曾投入過無限的感情。他有充沛的體力，他挺拔，倜儻，面目姣好。他迷糊，沒有心事。他揮霍，不負責任。他從不考慮未來，也從不疼惜錢財。他常常笑起來，你再也不會想到，我叔叔曾有過怎樣年輕的笑容。

我那親愛的美叔叔，有多少女人為他癡狂，有多少女人為他傷心欲絕，下嫁他人！

他現在是個中年男人，平庸，健全，對家庭負有責任。面對正在成長的兒子，他常常找不到話語。他落伍了，很多新鮮辭彙，他聽起來也刺耳得很。他承認，他們父子是有代溝的。

早晨起來，他站在穿衣鏡前看自己，他對妻子說：「有白頭髮了。」

他妻子正在廚房做早餐，聽了他的話，也不答腔。她早知道他有白頭髮了。每天理床鋪，她總能在枕頭上找到幾根他的花白頭髮，她把它團起來，扔進垃圾袋裡。她從未跟他說起過。

他對妻子說：「早餐做得素淨些。」

他又說：「不要讓兒子吃得太胖。」

他最恨肥胖，人看起來蠢得很。他討厭妻子為他挾菜，挾肉，生怕他吃不飽。他嘖了一聲道：「你讓我自己吃好不好？我又不是小孩了！」

有一天，他突然扔下了筷子，帶笑不笑地說：「吃吃吃，你整天就知道吃！上次得肝炎，要不是你頓頓葷頭葷腦地灌我，我能像現在這樣子嗎？」

他自知話說重了，便把頭探到她的臉上問：「生氣了？你現在總該放心了吧？吃成這樣子，你安心了吧！」他笑了起來。

總之，幸福生活一點點毀了我叔叔，那天早晨，他顯得那樣的疲倦，無奈，老態。他自己也覺得了，起身去廚房漱口，又踱到陽台上，就像孩子一樣，他把身體整個探出陽台，朝樓底下看。他會看見一些什麼呢？

在他的身後，是他溫暖而乾淨的家，他的妻兒，他的幸福婚姻，他的已經靡爛的、失去知覺的日常生活，他整個青春年代燦然的記憶。那一年，他四十五歲了。

chapter7 · 我的一九八〇

我在微湖閘以外的地方，度過了我的少女時代，那是一九八〇年代。

那時候，我已經離開了微湖閘，回到了我父母身邊。我遇見了我弟弟……我弟弟只比我小一歲，是個懦弱、含糊的美少年。他長著我們家男人慣有的好容顏，脾性溫和，羞縮，貪玩。在某種程度上，他是我叔叔的另一個翻版。

我和家人一起生活。我和他們發生了一些感情糾葛，我是說，在我和父母、弟弟之間，曾經存在著某種微妙的對應關係。我愛他們，你也可以說，這種愛是沒有前途的，它是一種情緒，就像一股暗流，它潛藏在我們每個人的身體裡。

我把這種愛表達了出來，以一種極端的、相反的方式，它蓬勃，有力，悍然。它是某種程度上的暴力。我把我的愛帶到了一個完全陌生的地方，所有人都不懂，我自己也是茫然的。我跟著我的方向走，我被我身體裡一股莫名其妙的力量支撐著，牽引著，到了一個安全的地方。那個地方枝葉茂密，蒙昧原始……我未見得有多麼喜歡它，但是我以為，它是安全的。

我開始折磨我弟弟，我脾氣壞極了，我暴躁，殘忍，體內總有一股無名火。我父母也折磨我，方式就是中國人常用的「棍棒主義」。他們打我，用棍棒，用鞋底，用剪子和刀。他們打我，曾經抽斷了一根皮帶。

我還能記得，在那些夏日的陽光底下，我怎樣披頭散髮，我母親抱著我的頭，把我往牆上撞。那時候，我們都是猙獰的女人，偶爾也有溫和的一瞬間。她跟我說，她希望我能成為一個聽話的、溫順的孩子。然而這根本不可能。

有一天，她拿剪刀作勢刺我的嘴，她說：「你發誓，你以後再也不頂嘴了。」我嚇得哭了起來，抱頭向她哀求。她笑了。

我至今還能記得她那淡淡的笑容。她勝利了，不是嗎？

還有一次，我們又爭執起來了。我父親不在家，她少了依傍。她像發了瘋似，從廚房裡摸出一把刀，我拔腿就跑，她跟在後面追，一邊失手把刀扔了過來。我回過頭去，看見刀立在我身後，只有兩米多遠的地方。不禁慘然。

我看著刀，她也看著刀。我們靜靜地對峙著。在我和她之間，隔著十來米的距離，還有一把刀。我們冷冷地打量著對方，力量和仇恨從我們的身體裡消散了，只有無邊的軟弱和恐懼。

這是我青春期的噩夢之一。我青春期的噩夢還有很多，比如我夢見和父親睡在一張床上，也許每個女兒都有過和父親同床共眠的日子，這算不了什麼，可對我來說，它是一個噩夢。我變得緊張，空洞，我的肢體是麻木的。我需要時間去消化它。

我總是夢見母親在打我，我們在烈日底下奔跑，穿過大街小巷。有時候，我夢見自己跑在荒原裡，四周人跡罕至，我身陷沼澤裡了，腿只是拔不出來……我母親就要到了。我驚醒了，發現自己的腿是蜷縮著的。

我父親也打我，因為我的暴戾，那無端的壞脾氣。他憂慮極了。他對我說：「你怎麼了得？你將來還要面向社會，社會是不打你的，它懲罰你。」

我知道他說得對極了。可是在我的青春期，所有對的事情，對我來說，都是無用的。在那業已逝去的八〇年代，他們苦口婆心地勸說我，他們希望把我教育成一個賢良的女孩子，溫順，聰明，成績好。能順利地考上大學。他們希望我能去愛，愛父母，愛弟弟，愛人類，愛一切美好的事物。他們說：「你試試看，這並不難的，你只要愛了，心情就會好起來。」

當看見自己的企圖失敗了，他們便憤怒了。他們把我關進小房間裡，有時候也叫來弟弟，完全一副「殺雞儆猴」的態勢。那時候，我弟弟也常遭打，他怯弱，貪嘴，逃學，也常偷錢——我那可憐的父母呵。

他們把門窗關緊了，因為怕鄰居聽見了過來勸救。戰爭就這樣開始了。我至今還能記得，我怎樣蜷縮在角落裡，看見夜晚的燈光下，我父母的面容蒼白而慘澹，他們緊張，呼吸急促，力量使他們的臉稍稍有些扭曲。

我父親踹我，我無聲無息地跌落到角落裡了。我睜著眼睛，靜靜地看著他們。夜晚的燈光下，有幾隻秋天的飛蛾，在漫無目的地飛繞。秋夜更加涼了，我抱著胳膊，打了個冷顫。

我弟弟站在一旁，瑟縮著身體，因為害怕，他大聲地哭了。他的哭引起了我無限的恨意，我衝到他面前，大聲地呵斥他。我說：「關你什麼事，要你哭！」我鄙夷地看著他，從鼻子裡哼出一聲冷笑。

我對於弟弟輕蔑的態度，引起了我父母更大的憤怒，他們揪住我，手指在我的腦門上敲得叮噹響。

我哭了，哭得蓬頭垢面，歇斯底里。其實也不是疼，也不是怕，也不是恨……我只是看著氣力怎樣從我體內散發了，我沈靜了下來。

我父母逼我跪立，我便跪立了。我父母讓我發誓，說從今以後做一個聽話的孩子，我便發誓了。我看著氣力怎樣從我的體內散發了，那一刻，我溫順之極。

我一點也不恨我的父母，這是真的。很多年前，我們都是有力量的人，是力量促使我們這樣做的，力量在我們的身體裡發酵了，如果不互相折磨，我們便會難受。

在我們有力的身體裡，也有愛，那些綿長而悠遠的情誼。可是力量和愛是完全分開的，有時它們也混雜在一起，分不清什麼是愛，什麼是力量。

——在很多年前，我就知道，這是我成長的必然。肯定要有傷殘，肯定要敗壞。你再也不會想到，那時候，我是個多麼多情的姑娘，我有力，安靜，富有情感。我的情感在我的體內。一點點的微小的細節都能讓我感動，感動至流淚。我看見落花就會想到生死，我會靜靜地淌眼淚……那時候，我是個羅曼蒂克的姑娘。

我善良，溫柔。笑了，也不忘記拿手捂住嘴巴。這是我母親教我的，她說，一個姑娘要學會「笑不露齒」。

我不能看見殺生。有很長一段時間，我拒絕吃肉。拒絕吃豬肉，雞肉，兔肉，狗肉。我們家曾養過一條狗，跟了我們很多年。「打狗熱」盛行的時候，我父母商量說：「反正保不住了，與其讓別人殺，不如自己殺了牠。」

可是一直下不了手，就這樣拖了半年。

打狗販子來了，我父親牽著牠往外走。牠曉得了，怎麼也不走。牠匍匐在地上，我父親拿木棍打牠，牠眼淚汪汪地看著我們，伸了伸舌頭，還是不走。我和母親哭了，在院子裡大叫大鬧，每一次棍棒就像打在自己身上一樣，我們尖叫著，捂住了眼睛。

我們都是極其柔軟的人，也有同情心。我們疼惜一切肉體的痛苦，即使是動物的。可是人呢，對於自己的親人……我們何其殘忍！

我再說一遍，我愛我的父母和弟弟，我的愛深沈，有力，尖銳。我的愛廣大，空泛，乏力。我愛他們曾經愛得淌眼淚。我軟弱，也暴力，我把我的愛送到了一個安全的地方。

我至今也不能界定，在我和親人們之間，到底存在著怎樣的一種情感關係。我是說，我不能界定。

這就是我離開微湖閘的那段歲月，這是八〇年代。一切都是混雜的，那裡頭荒草叢生，也沒有頭緒。永遠的夏日，沒完沒了的蟬聲，很多人汗流浹背。

我是在回憶中度過八〇年代的。唯有知道那段時間給予我身心上的創痛，我的不快樂，我的陰鬱、暴力的成長史，你才會明白，童年時光對於我的意義。

你也知道了，我的童年是在微湖閘度過的，那是七〇年代。那是遠離父母的日子，也沒有弟弟。那段時光裡有楊嬸，小桔子，我的爺爺奶奶，叔叔。我們門前的老榕樹每年都要開花，粉紅色的枝條……我已經說起過了。

我至今還能記得，在和父母互相折磨以後，我怎樣坐在自己的小房間裡，燈已經熄了，我坐在黑暗裡。我的身體已經安靜了下來，所有的氣力和愛都不在了。我要給爺爺奶奶寫一封信，告訴他們，我想離家出走。

我叔叔為此回來過一次，他是帶著使命回來的。他看見家裡一片舒泰，他的兄嫂很相愛，他的姪兒姪女正在成長，並不像我信裡所描述的那樣……他又走了。

我奶奶捎話回來說，讓我再等幾年，等到我長到十八歲了，高中畢業了，我就可以出嫁了。她說：「那時候，你的苦日子就到頭了。」

我哭了。十八歲還有多長，那是流年的事！我已經等不及了。對於童年的回憶，就像老電影一樣，一幕一幕的，帶有逐漸老去的色彩，帶有鋸削般的沙沙聲，從我的抽泣聲中靜靜地流過了。

在八〇年代，我也曾回過微湖閘，那都是在夏天，我是去過暑假的。加起來不足半年時間，可是就在這半年裡，我重溫了童年時代所有溫馨的舊夢。

我在前面已經講過，在七、八〇年代的微湖閘，生活著一群可愛的年輕人，他們都是些漂亮的可人兒，也不知為什麼，在我的少女時代，我看見的年輕人都是漂亮的。我不知道，這是我的主觀因素呢，還是孤陋寡聞。也許，我壓根兒就沒見過什麼男人吧？

總之，我很容易就愛上他們了。這是真的，他們活潑，輕盈。他們的衣著也很漂亮，都是年輕人，愛極了打扮。穿著緊身西褲，包著美臀和修長的雙腿，把雙手插進褲兜去，吹著口哨悠悠地走過了。

也有的呢，穿著牛仔褲和T恤——你能想像嗎，那些年輕的、瀟灑的身影？

我靜靜地愛著他們，不發出任何聲音。

我還能記得，我怎樣坐在家門口，在晌午，在夜晚，我深深地、滿意地嘆息著。我知道，他們會走過我的門口，讓我看見他們。

他們也會看見我嗎？可是看見了又怎樣呢？熟悉的人就會知道，這是從前的小蕙子，她已經長大了，教人認不出來了。她是來過暑假的。不熟悉的人呢，一而生，再而熟，大概也曉得，這是同事家的一個小親戚，已經十二歲了，或者已經十七歲了。看上去羞縮得很，也不大愛說話。

他們常來我們家會合，約我叔叔出去打球，或者說一些無關緊要的事情。他們站在門洞裡，看見了我，猶豫了一下，也不知是否要迴避。

我叔叔回頭看了我一眼，對他們說：「不要緊的，進來吧。」

他們進來了，我客氣地點了點頭，或者抿著嘴微笑了一下，就走出去了。

那時候，我看見叔叔都是難為情的，我靦腆之極。我不再和叔叔親密了。我是個姑娘了。我也會和叔叔說笑，裝作不介意的樣子，說一些輕鬆的、家常的話題。

我叔叔也感覺到了，他的姪女止在成長，她不夠放鬆。她的話裡有孩子氣，成人腔，書面語。他微笑著，深深地沈默了。他沈默的時候，我也沈默了。我為我的沈默感到緊張和難堪。我叔叔便也緊張和難堪了。

我整個夏天都沈緬於我的愛情裡。我愛他們所有人。我躲在屋子裡，只是看著他們，想著他們，有時候心會疼痛，有時候也歡喜。你能說這不是愛情嗎？我的臉上時常綻放出光芒和笑容，我的心爬滿了無數幸福的小蟲子，這是初戀的蟲子。

我不準備讓我的愛情開花結果，這是真的，我不想表達。我不想讓他們知道。這是習慣。我想把愛情埋在身體裡，讓它死掉，豎起一座座墳，我想在墳上開出花朵來。我追憶與他們相遇的一幕幕，一陣微風，頭髮亂了，他們的小手勢，他們無意間瞥見我的那一瞬，他們的神情……他們讓我陶醉。

我尤其愛他們其中的一個人，名字叫孫闖；我愛孫闖的同時，也愛他們。這是真的，一個人可以同時愛很多人的，她有這個能力。她曾經有過豐盛的情感，一個人根本盛不下她的情感。在她少女時代的每一個階段，她都會換不同的人去愛。翻來覆去地愛，無聲無息地愛，愛著愛著就忘了，忘了也不傷心，稍微有點遺憾。再換另外的人去愛。

孫闖住在我們的前排。他是一九八七年夏天，突然出現在我的視野裡的。他是微湖閘的新住戶，學的是水利專業。那一年，他大約二十四歲吧，已經結婚了。妻子遠在外地。

他是個溫雅的青年，和我叔叔、陳森森他們不同，他不太鬧騰。你也很少在籃球上看見他。他是中等身材，皮膚白淨，他走路很慢。我想起來了，他長得有點像年輕時的劉德華，這麼形容我很不好意思。在離開微湖閘以後的一九八八年，我瘋狂地買劉德華的圖片，我想為的就是孫闖。我做過追星族呢。

我弟弟也幫我買，有一次，他對我說，你應該改名叫「李德華」。

我笑了。我看著劉德華的照片，就想起了孫闖，想起了我在微湖閘度過的那個夏天，我對一個青年的單相思。那是最後一個夏天嗎？我還能再見到他嗎？

後來，我確實再也沒有見到他。也沒有回過微湖閘，可是對他的愛情還在著，很長一段時間，它滋潤著我。至今，回想起來的時候，仍滿心愉悅。它陪我度過了單調的、暗淡的少女時代。我還能記得，在那久已逝去的一九八七年夏夜，我坐在家門口的矮凳上，看著孫闖的窗戶。

已近深夜了，他在屋裡嗎？他在幹什麼呢？

我奶奶在我身後的床上睡著了，她睡在藍色的透光蚊帳裡。半夜裡醒來，見我還坐在門口，便問：「你在幹什麼？還不睡嗎？」

我說：「不睡。天熱得很，我在乘涼。」

隔壁的林蔭道上，有一些納涼而歸的青年，陸陸續續地走過了。他們吹著口哨，看見了我，停頓了一下，吹著口哨又走遠了。

我盼望能見到孫闖，他也許就在這晚歸的人群中。我想看看他的身影，我辨得出他的聲音的。

我的眼裡含著淚水，我快要哭出來了。見到他多麼難，見到他，需要上帝的恩典。在看見他的一天又一天裡，在和他四目相交的一瞬間，我看見歲月怎樣綻放出光芒來。他從我們門前走過了，他和人交談著。他看見奶奶，總是微笑著，搭訕著問好。他是個好孩子。

他也會看見我嗎？在無意瞥見我的那一瞬，他把眼睛適時地調整開了。他在想些什麼呢？

夜更深了，整條林蔭道都安靜了下來。我無望地坐在門口，我在等他。我被愛情深深地折磨著，有一種時候，我覺得自己已經撐不起它的重量了。無數煩惱的蚊蟲在我四周飛繞，牠們吮吸我，發出嗡嗡的聲音。我把四肢拍得劈劈啪啪響，滿手鮮血淋漓。後來我就不拍了。由牠們去吧。如果愛一個人就是受苦，那麼就去愛吧，去忍受吧。

我終於站起來，走上他慣走的那條林蔭道，我在林蔭道上徘徊了一會兒，然後向他的窗口走去了。幾隻螢火蟲為我引路，牠們閃爍著，發出幽藍的光。

我在他的窗口停下了，把手擱在他窗戶的鐵柵欄上，久久地撫摸著。我預備他會開窗，他看見我的那一瞬，他會吃驚嗎？他以為我是來偷東西的嗎？我也預備自己跟他說話，我是笑著說的，裝作很不介意的樣子，我說，我是來捉螢火蟲的。

我彎下腰，追著螢火蟲跑走了。

我在黑暗裡站了一會兒，累了，便扶著鐵柵欄坐了下來。我想他一定睡著了，他的房間裡聽不見任何聲響。黑夜是如此安寧，廣漠，溫柔。我要守著他過完這一夜。也許一生只有這一夜，可是這一夜也是一生。

我回去的時候，我奶奶從蚊帳裡坐了起來，她正在等我。

她說：「你幹什麼去了？」
我很可以撒謊說，是去上廁所，或者去捉螢火蟲。可是我疲憊極了，我不願意說話。我爬上了床，在我奶奶的腳邊躺下，拿毛巾被裹住了身體。我輾轉反側，我把拳頭塞進嘴巴裡去。我的眼淚淌下來了。
我聽見電流穿過風扇的葉片，發出吱吱的聲音。被蚊蟲咬過的四肢已經甦醒過來了，疼癢難耐。我覺得自己已經不能忍受了，我必須說話。
我跟奶奶說：「那孫闖是個什麼樣的人？」我必須壓抑住自己，因為怕聲音聽上去異常。所以我就換了一副腔調。真的，我的聲音平靜極了。
我奶奶說起了孫闖，她對他也不夠了解，可是她喋喋不休地說著。她是何等精明的老人，她什麼都明白了。她知道她的孫女兒長大了，懷春了，她有了愛情。她想聽聽那個男人，哪怕是他的一點小事情，哪怕僅僅是他的名字。……那是注定要死亡的愛情，它不會有什麼結果。
我奶奶說：「他結婚了。」
我說：「知道的。」
我奶奶又說：「他家屬不在身邊，人倒是厚道的，也沒鬧出什麼事情來。小佟曾勾引過他，院子裡的人都知道。他不喜歡小佟。人是老實人，哪個女人嫁了他，也是上世修來的福分。」

我坐起身來，我把身體伏在奶奶的腳背上，我哭了。我已經不能忍受了，我的情感到了極限，它必須爆發出來。奶奶把手貼在我的背上，問：「怎麼了？是因為孫闖？你喜歡上他了？」

我不說話。

我奶奶猶豫著，隔了很長時間，她沈吟著說道：「要不這樣子吧，隔兩天，我讓你叔叔跟他說一下。」

我吃驚地抬起頭來，看著奶奶。我被她這提議弄得哭笑不得。一切全錯了，不是這樣子的。我哭、我受苦，我願意。我即使崩潰，我也不抱怨——可不是這樣子的。

很多年後，我想起了親愛的奶奶。也只有善良而愚昧的她，才會說出這樣的話來。她什麼都不顧了，她愛她的孫女兒，她只想解救她。她再也不會想到，她的一席話確實解救了我。她讓我從我的愛情裡走出來，來看看身處的俗世，它有原因和結果，有嚴密的邏輯，每個人都按規律行事，每件事都深陷在網裡。

我的愛情還在著，可是不再提起。我不會再為這個人哭泣了。我從我的偉大的愛情裡走出來，偶爾也回頭看看，它簡直不算什麼，它美好，平靜，也短暫。

我在微湖閘的另一段感情，應該是叔叔。我已經說過，我叔叔長得很美，他溫綿，貪玩，沒有志向。他也多情，熱愛運動。他那時年輕極了。我還說過，我對我們家族的男人是有感情的，那是一種與生俱來的感情，它在我出生以前就存在了，我沒法做出分析和解釋。

至今，我也不能界定這種感情，它是愛情，還是親情？我甚至懷疑它是否真實地存在過，也許是我臆造了它？你知道，我是個寫小說的人，在某種程度上誇大了自身的情感經歷，這是可能的。

不管怎麼說，我對家族情緣是很敏感的，我的性別意識也很濃厚。有一點是真的，那就是我愛他們，我是把自己當作一個女性，而不僅僅是他們的孫女、女兒、姪女和姐姐。或者說，這兩種愛是混雜的，它們緊密地絞在一起了。我只是分不清它們。

有一種時候，我提醒自己忘卻，不要去追根求源，只不過是一種源遠流長的情感，它深藏在我們每個人的心裡，很安全的。這麼想的時候，恰恰是最緊張的時候，我為此深受壓迫。我一生的大部分時間，只要觸碰到這種感情，就會受它的壓迫。

在我年少的時候，這種感情來得迫切了些，我簡直手足無措。畢竟年歲太小，也沒有經驗。像我和弟弟，我懷疑正是這種感情，造成了我和他打鬥、互相折磨的原因。當然也只是猜測，究其原因還是很複雜的，我至今也弄不清楚。面對親情，我是個混亂之極的人。（關於我和弟弟，我在另一篇小說裡已有涉及，現暫略過。）

現在，我有經驗了，我有足夠的氣力去應付各種感情。可我還是傷心的，有一種時候，我覺得自己是無力的。因為它是那樣的美好，它比任何愛情都來得更為扎實，無私，天真；它天生是殘缺的，可是它不會破碎。它是精緻的，你必須得小心翼翼。你緊張，可是它在你心裡。它不是熱情，它是一種更綿長、憂鬱的深情。

現在，我來說一下在一九八二年夏天和一九八七年夏天，發生在我和叔叔之間的一些事情。真的，我說不出所以然來，因為從來就沒有「發生」過，有的只是一些情緒，那些淌在心裡的暗流，靜靜的，微妙的，像天使的眼睛，一眨一眨地閃在人類的上空。它觀照大地，它看見人世很美好，親人們很友愛。它又飛走了。

不管怎麼說，來看一下吧，我和親愛的美叔叔是怎樣相處的。

讓我們先把時間轉回到一九八二年夏天，那一年我十二歲了，還是個小姑娘。可是有了女性特徵。細竹竿一樣的身材，單只是瘦，瘦得皮包骨頭；梳著兩條小辮子，性情古怪而沈悶。怎麼說呢，真是有了女性特徵的……你能想像一個十二歲的女孩子嗎？她的身體正在成長，她的胸脯很微妙。其實外人是看不出來的，她穿著花洋布連衣裙，從頭到腳一條直線似的。

洗澡的時候，她拿手擦她的胸脯。胸脯很平坦，只是稍稍有些異樣，腫，微微地疼。她不太喜歡她身體的變化，也許因為害羞，也許是一些難以啟齒的理由。她不願意看見自己的成長，這將意味著她是一個女人，告別天真爛漫的童年，迎來複雜、晦澀的青年。

接下來的一個星期，她身體的變化更讓她吃驚。她淌血了。那是一個下午，她坐在家門口的老榕樹底下乘涼，楊嬸和奶奶也在。她覺得她的身體有些異樣，就去了趟廁所，她看見她的內褲裡有血，也不疼，也不癢。

後來奶奶知道了。晚上，她把她拉在一邊，悄悄地告訴她這叫「月經」。她教她一些最基本的常識，注意飲食衛生，內褲要常洗常換，諸如此類。她難堪侷促之極。

一開始，她簡直不知道怎麼對付。她的裙子常常髒了。就有一天，她在廚房裡幫奶奶理菜，她站起身來，紙就掉下來了。她叔叔站在一旁看見了，和奶奶搭訕了兩句話，藉故走開了。這件事，她一直記得。

奶奶笑道：「你這樣怎麼行，你叔叔是男人，他看見了會難為情的。」

可是叔叔也有不難為情的時候。那是一九八八年，她高考，正逢叔叔回家看兄嫂。熱暑天，她母親幫她選了幾條內褲，彈力的，帶條紋，讓人想起海灘和比基尼。她回家了，她母親便拿出內褲來，在她裙子上比試著。家裡的男人也在，叔叔，父親，弟弟。

她生氣了，撥開母親的手，母親朝父親笑道：「成大姑娘了，不好意思了。」

父親笑了笑。

她弟弟正埋頭吃西瓜，也不去理會。也許他壓根兒就沒聽見，雖然十七歲了，還是未成年人，光想著吃，也不敏感。

叔叔站在一旁，背著手，拿眼睛看著內褲的紋理，以一種科學的，客觀的態度說道：「這種質地的內褲，女孩子穿很舒服的，也很方便。」

也不知道叔叔怎麼想。也許他什麼都不用想，他的姪女是個姑娘了，僅此而已。她們家的男人，本性都是極淳樸的，在心思的微妙方面，可能從來比不上她。

她這樣想著，自己倒難為情了。

再回到微湖閘的那段歲月，時間已走到了一九八七年夏天。她是個姑娘了，仍瘦，身體也沒有起伏。可是她的身體有了本質的變化。她對這變化開始承認了，她對一切都諳熟能詳了。

那一年，她弟弟也跟過來一起過暑假。她弟弟是個少年了，長了小小的喉結，說話聲音嗡嗡的。一家人一塊吃飯，叔叔總是拿弟弟開玩笑。

叔叔開玩笑的方式有了改變。弟弟很小的時候，叔叔喜歡把手伸進他的褲襠裡去。他把一件小東西拿出來，就像玩意兒一樣握在手裡，輕輕地捏著，一邊笑著。弟弟懵懵懂懂的，叔叔逗他說：「這是什麼？」

弟弟便說了，叔叔笑得簡直要跌倒。

弟弟長大了，我叔叔對他仍趣味盎然。他逗他，換了另一種方式。

他說：「毛頭，我看小鳳那姑娘不錯嘛。比你大不了幾歲，人倒風騷。」

我奶奶說：「可是呂家的小鳳？」

我叔叔說：「還有誰？呂建國的妹妹唄。」

我奶奶說：「那姑娘要不得，瘋著呢，十四歲就跟人談戀愛。」

我叔叔說：「誰要她了？」他又轉向弟弟說，「你不是跟她去過趙集嗎？她還請你吃了西瓜。」

我弟弟不得不承認，他確實吃了小鳳的西瓜。

我叔叔又問：「那你們也沒去西瓜地裡躺一會兒？」

我奶奶便笑了，她嗔怪兒子：「你總是教他這些不三不四的事情。」

我叔叔笑道：「他應該學會的。他將來總要過這一關。」

我微笑著走開了。逢著這種場合，我只有走開。這是我奶奶教我的，她說：「一個姑娘，聽見了村言村語，也不要惱，她應該走開。這是規矩。有很多話，男人是可以說的，可是姑娘不能聽。」

很多年後，我想著，我那些寬厚的道德律，也就是這樣慢慢地養起了吧？

不管怎麼說，我在一九八七年的微湖閘，確實度過了一段美麗時光。我和親人們愉快相處，我愛他們。我和弟弟的關係已趨於平和。我們一起吃飯，看連續劇。我叔叔嬸嬸帶我們去閘上乘涼，回來一起睡覺。我的心情愉快極了。我似乎又恢復了某種健康，我不再暴躁了。是這樣子的，我仍深陷在固執的血緣情感裡，可我覺得它是健康的，它不再折磨我了。它是如此讓我愉悅。

說起看電視，我又想起了一個細節。

我記得那年夏天，曾有過一部連續劇叫《烏龍山剿匪記》，中軍誼演的男主角，女主角的名字忘了，只記得是一個漂亮、厲害的角色。有一天晚上，兩個人做愛了。我在電視機旁坐立不安。我希望他們能早點結束。

我們家的男人們也在。他們大約也有點難堪，我爺爺不停地咳嗽著，我弟弟側頭和我嬸嬸說著什麼。我叔叔呢，倒是坦然的，他抽著菸，一直微笑著。這是當然了，他是過來人了。只不過在中途，他起身出去溜達了一圈。不幸的是，等他回來的時候，電視上的那對男女仍在床上。

他們做愛的時間真長呵，許多細節也不省略。女人的神情顯得過於快樂了，我當時就懷疑，這恐怕出於劇情的誇張吧？

我一直在猶豫著，是不是悄悄地走開，就假裝去了一趟廁所，回來的時候，他們總該結束了吧？可是走開了，就等於向家裡人承認了，我是害羞的，我看了男女歡娛的場景，有了微妙的心思。

最終還是叔叔架不住了，他第二次走開了，他對我嬸嬸說：「要不要拿盤蚊香來？好像有蚊子哎。」

我抿了抿嘴巴，心裡很有點感激，他救了我們的場，讓我們把視線和話題暫時離開電視，順理成章地轉到蚊香上來。我想，要是他和嬸嬸兩個人看電視，他才不會去點蚊香呢！他那麼懶。

在我和叔叔的日常相處裡，還有一些事也存留在我的腦海裡，至今想來仍意味橫生。有一天吃完中飯，我回到自己的房間裡（也是我奶奶的房間），奶奶不在，屋子裡躺著叔叔。他躺在窗邊的一張睡椅上，正在看一本小冊子。

我想，他不去睡午覺，來這兒幹什麼呢？

我已經站在了門口，又不便退回去的。不知從什麼時候開始，我害怕和叔叔單獨相處。

我緊張極了。我們之間沒有話語，我們總是在尋找話語，以及表達話語的恰當的方式。你知道，這困難極了。在一九八七年的微湖閘，我多麼希望在我和叔叔之間，能夠重建一種親密無間的關係。是有這個可能的，我們是叔姪倆，也相愛，我們對彼此懷有靜靜的情誼。我叔叔希望我的成長一帆風順，我呢，希望我的美叔叔能青春常駐，有許多女人熱愛他。

我在他的躺椅旁站下來，因為近視，我弄不清他在看什麼。

我問：「你在看什麼呀？該不會看我的日記吧？」那時候，我確實記日記來著，我總是把我的日記本藏起來，每天換一個地方。

我叔叔抬起頭來看我，他笑道：「你記日記了嗎？」

我點點頭。

他把封面翻過來給我看。他說：「我沒在看你的日記。」

接下來的情景便有些難堪了，我們都沈默了。正午的陽光，不知為什麼，有一種昏天黑地的感覺。龐大的蟬聲無孔不入，到處都是。有一瞬間，蟬聲全熄了，世界恢復了寂靜，在那寂靜的、聽得見時鐘走動的夏天，我和叔叔的沈默變得難以忍受了。

我說：「怎麼一下子都停了？」

我叔叔說：「什麼？」

我說：「知了啊。知了一個也不叫了。」

我叔叔說：「很奇怪吧？牠們跟約好似的。」

他突然翻身坐起，打了個哈欠說：「你要睡午覺了吧？我也要走了。」

這就是我和叔叔之間的一切。類似的事情總還有很多，然而限於篇幅的關係，我也不一一描述了。總之，我說過，情感就像一座冰山，我們把最微不足道的部分露在水面，情感裡那複雜的、隱晦的——那最難以述說的部分永遠在水下，外人是看不見的。

這就是我在八〇年代的微湖閘所經歷的情感事件。我說過，我的愛情時代來臨了，那遍地生花的愛情呵，它隨時隨地都能結出果實來。我小心地避免了。

那些紛紛擾擾的愛情呵，我幾乎理不清它們的脈絡，我也沒有足夠的準備，它就像雪花一樣地降落了。它降落在八〇年代的微湖閘，我的家鄉小城，我的中學時代，它降落在那些可愛的男同學和男老師身上……他們看不見那雪花，他們只看見一個瘦弱的女孩子，從他們身邊靜靜地走過了。她背著書包，手裡捲著一本書。她紮著小辮子。看見他們的時候，她低下了頭，抿了抿嘴巴。他們沒有看見她在微笑，那是善意的微笑。

那些雪花無聲無息地融化了。她有些傷感。更豐盛的情感和折磨還在後面，盛夏迫不及待地降臨了。

chapter8・楊嬸出走了

我在前面已經講過，楊嬸是個安閒的中年婦女，她優越，極有身分感。她是四個孩子的母親，車站站長的夫人。在小小的微湖閘，他們是貴族之家，富裕，安定，拿固定工資，是國家幹部。

說起微湖閘，誰不記得楊嬸啊？她穿門走戶，說些家常。哪戶人家沒得過她的幫助？哪個小孩沒吃過她的零食？哪個婦人沒從她那兒學會一點烹調、編織的常識？哪個姑娘沒跟她掏過心裡話？

她和我奶奶的關係尤其好。她和我奶奶又是不同的。她比我奶奶年輕，有見識。就拿調解糾紛來說吧，她知道分寸感，懂得就事論事。她總是站在局外人的身分，知道何時該進，何時該退。她說話總是能讓敵對雙方都滿意。她從不傳話，也絕不閒言碎語。

我奶奶也知道就事論事，她也會說話，可是她一不小心，就能把自己的感情給搭進去了。她這一生，也沒學會怎樣撇開感情行事。即使善良、圓通如我奶奶，也沒能在微湖閘那五方雜處之地撈個清淨。她難免有點婦人見識，為一些雞毛蒜皮的小事，她也記在心裡。比如有一次，我去一戶人家玩，剛走到門口，門就被那家給撞上了。這等於吃了個閉門羹。

我奶奶看見了，大聲地呵斥我回家。

她私下裡對我說：「你要有眼色，人家不歡迎你。以後不准去她家！」

我想要是楊嬸，她就不會說這樣的話。總之，在微湖閘，所有人都挑不出楊嬸的毛病來。

一九八二年夏天，我又回到了微湖閘，我所看到的楊嬸和以前並沒有太大變化。稍微有點胖了，可是也沒到臃腫的地步。她的大女兒已經工作了，最小的兒子正在念高中。又說起大女兒的戀愛，她不太滿意那個小夥子。她說：「家境倒是不錯，父母也是機關幹部，可是他不能靠家境吃一輩子吧？最主要還是人，人是木訥了些。」

我奶奶說：「老實人好！能安心過日子，也不擔心閨女會受欺負。」

楊嬸拉著我奶奶的衣袖，悄悄地笑道：「奶奶你不知道，現在老實人不吃香了，人還是要靈活，能闖蕩，見風使舵，這樣才吃得開呢。像我們家老楊，就吃虧在這裡。」

我奶奶說：「話是這樣說，可是孩子們要是合心合意，你總不能拆散他們吧？日子還要他們自己過，你又不能代替的。我就說過，人世都是命定的，好也罷，壞也罷，這麼多年我也看得多了，相差不大的……」她自知話說遠了，又反過來安慰楊嬸，「只是孩子們哪能體諒父母的苦心，你為她操碎了心，她也不領情的。」

楊嬸說：「跟我鬧呢！幾個月不跟我說話，也不回家。聽說最近兩人又鬧翻了……我看正是時候，我得抓緊在她面前灌點耳邊風。」她笑了起來。

我奶奶笑道：「只不知男方長得怎樣？」

楊嬸拍腿嗟嘆道：「問題就在這裡，那孩子長得有點……說醜不醜，說漂亮不叫漂亮。我也說不好他長得怎樣，就是肉得很，五官全擠一塊去了。」

我奶奶說：「相貌這東西，說不重要，也重要。」

楊嬸笑道：「我年輕時很看重男人長相的，像我們家老楊，現在是老了，可年輕的時候，那也是站有站相，坐有坐相。只是我養的姑娘，怎麼在這方面倒不講究了呢？奶奶我跟你說，那個孩子，就是再過十年讓我挑，我也不挑他。我看了他就煩。」

我剛回到微湖閘的那個下午，楊嬸過來看我。我奶奶好不容易把我從屋子裡喚出來，楊嬸拉著我的手，把我從頭看到腳，驚奇地笑道：「一晃四五年過去了，小蕙子長大了，我都認不出來了。」

她感慨時間，手裡不停地織著毛衣，一邊悄悄地打量我，笑道：「小蕙子有點害羞了。」

我奶奶說：「她小時候可不是這樣子的，小孩子長大了，就不好玩了。」

我羞縮地站在那裡，覺得有點難過。我也看到了時間，它怎樣施展於我和楊嬸之間，悄悄地改變了一切。我是那麼喜歡楊嬸，可是我羞於表達。

楊嬸靜靜地坐在那裡，看上去是那樣的親切淡泊，她從容極了。對於時間，她有足夠的耐心。她想和時間比賽嗎？她會輸給它嗎？

她的三女兒也跑過來看我，她是個大姑娘了，容顏豐腴娟秀。她對我說：「我帶你去走走吧，微湖閘變化挺大的，你也許認不出來了。」

我搖了搖頭，微笑著沈默了。自己都不明白怎麼變成了這麼一個人。從前的小孩哪裡去了呢？

三姑娘大約也感覺到了我的生疏和拘謹，她不介意地笑道：「不要緊，下次我們再去吧。值得看一下的。」

三姑娘倚在母親的身邊。楊嬸皺眉笑道：「又黏著我幹什麼？這麼熱的天，就不能讓我清靜一會兒！」

三姑娘笑道：「我看見你有白頭髮了，要不要摘下來？」

楊嬸點點頭。

三姑娘伏在母親身上，小心地撥弄著她的頭髮，一邊笑道：「要不要給你買染髮劑？」

楊嬸笑道：「哪裡至於！我還早著呢——你輕點。」

這是我最後一次見楊嬸。那年夏天，我整日躲在屋子裡，輕易不出來見人。我奶奶幾次拉我去楊嬸家坐坐，我終是不肯。我奶奶嘆道：「這孩子，越來越古怪了。你這樣子，弄得別人也生疏了，楊嬸也不好來串門了。」

我總是跟奶奶問起楊嬸。

奶奶說：「她家沒什麼變化，比以前更亮堂了，也闊氣了。女兒們都工作了，很知道孝敬父母的。她的負擔也輕了。」

很多年後，我想起和楊嬸最後的相處，她坐在家門口的凳子上，她的寬厚從容，她們娘兒倆說話的情景……因為是最後一幕，我不得不把許多細節一一地品味著。

當事隔幾年，一九八七年夏天，我又重新回到微湖閘的時候，我聽說楊嬸已經出走了。我驚訝得坐在沙發上，拿手按住沙發的扶手，久久地說不出話來。

那時候，我是個十七歲的姑娘，讀高中了，對人世的理解正在慢慢形成。我以為，人世是有秩序的，許多事情是按部就班來的，有原因和結果，有解釋。那是鐵的事實，不容易被推翻的。

可是楊嬸一下子就推翻了它。

我問奶奶：「到底是怎麼回事？她為什麼要出走？」

我奶奶淡淡地說：「她跟一個司機好上了。有一天他經過了微湖閘，她就跟他跑了。」

我說：「那個司機……她認識他嗎？他們以前很熟嗎？」

我奶奶說：「誰知道！」

她不屑於談楊嬸。她受到了打擊。有很長一段時間，我奶奶簡直不能適應，她不相信楊嬸出走這個事實。那樣一個賢良的女人……她沒有理由。我奶奶不相信。

楊嬸也打擊了整個微湖閘。在一九八三年春天，所有人都在議論這件醜聞。大家眾說紛紜，拍腿嗟嘆。他們道德的天空也因此塌了下來。他們回想起一幕幕細節，試圖尋找事情的源頭。

沒有源頭。

誰也搞不清這其間到底發生了什麼事。楊嬸是任性的，她不負責任。她倉促之間有了決定，那是她的一次心跳，她決定去實現她的心跳。她出走了。

微湖閘接受了這樣的事實。天長日久，人們平靜了下來。他們學會了忘卻。他們又回到楊嬸出走前，那漫長而枯燥的日常生活裡去了。有時候夫妻磨牙鬥嘴，妻子就說：「這日子怎麼過呀！我不如也一走了之算了。」

那丈夫就說：「你走呵，你有本事就走！微湖閘已經有了楊嬸，不在乎再多你一個。」

總之，什麼事情都會牽扯到楊嬸，家庭不和，男盜女娼……人們都會想起楊嬸。楊嬸成了色情和下流的代名詞。試想，一個年近五十的婦人，她受了一個男子的勾引，也許是她勾引了他。總之，她的肉體重新發出勃勃生機來，她受情慾驅動，她是個無恥的女人，她只貪圖肉體快樂。她真是瘋了。

楊站長從來沒讓她滿足過嗎？

她也該停經了嗎？……

楊嬸加劇了人們的想像力。總之，事件最終理出頭緒來了：楊嬸是跟一個年輕人跑掉的，他二十三、四歲左右，還是個大小夥子。他們第一次見面，是在春天的一個傍晚，他開著卡車路過了微湖閘，他在車站門口停了下來，提著水桶向楊嬸家走去了。他想為車加水。

楊嬸正在家裡——她在織毛衣嗎，還是在做晚飯，還是在收拾家務？沒人知道。可以肯定的是，她接待了這個年輕人。也許她還把他領到了水池邊，為他打開了自來水龍頭。接著，她就懶洋洋地往葡萄架上一靠，又織她的毛線衣去了。

他們也許會聊些什麼，這是一定的，以楊嬸那樣熟絡的性格，她一定會問問那個年輕人的情況，家住哪兒，哪個單位的，今年有多大了，是不是高中畢業，家裡有幾口人……那個年輕人呢，在作了一番回答以後，又反過來問她。楊嬸便把家裡的情況也簡略地說了一下，四個小孩，大的叫什麼名字，小的叫什麼名字。

年輕人笑道：「你那女兒我見過。」

楊嬸咦了一聲。
年輕人說：「你們家我來過幾次，碰巧你都不在。」
楊嬸嗯了一聲，又低頭織毛衣去了。
年輕人說：「這條路我常跑。」
楊嬸便抬起頭來，隨意地搭了他一眼。
年輕人笑道：「楊站長我也認識，他可能不記得我了，我們是一個系統的，年終開總結會時，總能見到。」
楊嬸的心裡突然生出一個念頭來，她不是不滿意她女兒的那個男朋友嗎？而眼前的這個孩子卻是眉清目秀，神情端方；雖在運輸隊工作，談吐性情卻是極文雅的，顯然是常出去跑，見過了一些世面的。
年輕人又說：「不像。」
楊嬸便問：「什麼不像？」
年輕人笑道：「你不像有那麼大女兒的人。」
楊嬸笑了，老嗙嗙地說道：「我生都生得出你來，你信不信！」
這是他們的第一次見面，細節可能有些出入，但情況相差不大。因為我聽奶奶說，有一次楊嬸確實跟她嘮叨過，說她看中了運輸隊的一個小夥子，模樣比她女兒的男朋友好上一百倍，「又會說話，人又穩當。」

後來，我奶奶生氣地說：「她原是為她姑娘留意的，到最後卻自己留著了。天底下竟有這樣的事！」

楊站長和他的四個孩子，雖然對此事保持了莊嚴的沈默，但一些片言隻字還是傳到了我們的耳朵裡。據傳，楊家一家對這個年輕人並不陌生，大約後來他往家裡走動頻繁了，竟引起了孩子們的敵意。尤其那個大的，當著客人的面，冷臉撂蹶子是常有的事；大概她已略有所聞，她母親要撮合她跟這個年輕人。

有一次她氣不過，跟母親說：「誰看上了誰跟他去！」

楊嬸跑過來跟我奶奶訴苦。她說：「奶奶，你看她說這話，還叫人話嗎？哪有女兒這樣跟媽媽說話的！我是為她好呀，我為的是什麼！」

兩個小女兒也責怪楊嬸：「什麼人都往家裡帶！你認識他是老幾？你知道他什麼底細？」

有些事我至今也沒弄明白，可能孩子們比他們的母親更早嗅到了她和那個年輕人之間不正常的氣味，而那個時候，這對未來的姦夫淫婦卻渾然不知，他們坦然地坐在院子裡，看著陽光透過夏日的葡萄架，像點點光陰灑在他們身上。

微湖閘的人們也見過好幾次，楊嬸領著這個年輕人，穿過長長的林蔭道往辦公室走去，大概他們是去說點事兒，或者是，楊嬸要為他攬點活兒。
她是那樣一個熱心腸，整個微湖閘都不敢往那方面想。那個年輕人呢，起先大概也是很坦蕩的；他還沒有女朋友，能攀上這麼一門好親事，他何樂而不為呢？所以他對楊嬸，一開始可能是以未來丈母娘的身分進入的，他先把丈母娘哄好了，女兒的事也就好辦了。可是，我們也不能藉此就認為，他從外地給楊嬸捎的那些小禮物：絲巾、衣料、雪花膏、杏粉……僅僅出於他的私心，似乎他專門是為結這門親事。
好像也不是。
據說，他送給楊嬸的衣料最有意思，那顏色對於楊嬸來說豔了些，對於她女兒來說又老了些。他每次來，把衣料往桌子上一放，也不說給誰買的；坐上一會兒，不待一杯茶的功夫，他就走了。
他每次來都不空手，路過微湖閘他必停下來，有事沒事他都會來家裡看看，也許僅僅是問候一下，或是幫楊嬸幹些雜活兒。他當時的身分是很模糊、曖昧的，可能他自己也覺得了，這樣下去不是個事兒。人和人之間不能這樣處的，禮物，寒暄，幫忙，體諒。尤其是家裡沒人的時候，兩個人一處坐著，難免會說些閒話。
閒話其實挺危險，因為說著說著就有可能收不住了，變成了心裡話。心裡話是什麼？

那是心裡的隱痛呵，人生的苦楚，曲裡拐彎，嘰嘰歪歪……那是只能說給自己聽的，丈夫和兒女都蒙在鼓裡。整個微湖閘，她最親密的朋友：我奶奶，吳姑姑，小桔子的媽媽……她在她們面前一個字也不漏，只把她們瞞得結結實實。

有些事是不能漏的，一漏就走氣了，漏了一點點，下面的結局就不是她能控制的了。

我猜想，楊嬸是太壓抑了，否則她不會跟一個年輕人掏心窩子，這個人萍水相逢，認識不過半年時間，有限的幾次見面，中間還隔著一個女兒。兩個人再是提防，那無數的尋常話語中總有那麼一句，恰恰就戳到了對方的心裡，體貼，親近，讓他們自己都覺得心疼。

有限的幾次見面，加起來不足幾個小時，可是總有四目交接的那一瞬，那一瞬呵，他們很快躲過了，看清了對方是男人和女人。非常危險。危在旦夕。因為一切都在心裡了。

那一陣子，楊嬸自己的女性特徵也暴露無遺，她的打扮突然花俏了，格子圍巾，雪花呢大衣，擦粉，渾身香噴噴的。夏天她穿半截筒裙，上身是鵝黃色的尖領襯衫，腰身收得很緊，這種奇怪的樣式，微湖閘的人雖然沒見過，卻也知道是今年的流行式樣。

她膽敢穿成這樣，居然事先不跟我奶奶商量，所以我奶奶對她也挺不高興的，臉上始終掛著暗淡的笑，不說好看，也不說不好看。

楊嬸終有點不放心，跟奶奶說：「這件衣裳，是我託人從南京捎的，也不知合不合適。」

奶奶說：「嗯。」

楊嬸左右看看自己，說：「花俏是花俏了些，不穿可惜了；穿了吧，又覺得太那個。」

奶奶又說：「嗯。」

奶奶尚且如此，楊嬸在微湖閘的遭遇就可想而知了。我聽說，那陣子所有人的眼睛都盯在楊嬸身上，尤其是婦女們，私下裡議論得尤其勁道。大家都說，一個婦道人家穿成那樣不妥當。

就有人說：「這不像楊嬸的作派呀，那是她女兒的衣服吧？」

有人斷然答道：「她女兒也不會穿成那樣！」

楊嬸到底心虛，吃不住人們這樣說，所以隔了一陣子，她就把那幾身漂亮衣服收起來了，又換成了從前的裝束，腳步輕盈地繼續她從前的生活，一家家串門去了。

我想楊嬸一定痛苦不堪，她要做一個抉擇，在她的家庭和一個年輕人之間，她必須要拋棄一個。不管拋棄誰，都會掀起滔天巨浪；前者是世俗的，事關她的名節，後者在她心裡，卻能要她的命。那時候，她和那個年輕人大概已經好上了，因為有好長一段時間，楊家不再出現那個年輕人的身影，楊嬸卻藉故總往外面跑。她在家裡的表現也很奇怪，心神不寧，脾氣暴躁，和楊站長常常吵架，往日安寧的家庭氣氛確乎不在了。

又聽人說，楊嬸夫妻的感情並不像他們表現的那麼好，他們長年冷戰，孩子們都義無反顧地站在父親這一邊。我和奶奶都非常驚訝，難道這麼多年來，我們所目睹的楊嬸一家的生活竟是假的？在那小巧的院子裡，日光清明和煦。

一花一草，整齊俐落。

還有那四個可愛的孩子，笑聲爽朗美妙。

直到今天，我也不知道該怎樣來解釋這一切。我不知道，我們該不該相信肉眼所見。若是不相信——若是我們連自己的眼睛都不相信，那麼這個世界上我們又該相信什麼呢？

楊嬸就這樣走了。她給我們出了一道謎語，教我們去猜。猜來猜去，人們最終形成了一個共識，那就是她的淫樂，只有我，認為她是為了愛情。也許這兩者本來就是一回事，說法不同而已，尤其對於楊嬸這樣的良家婦女，愛情和身體之間的關係，她未必真的就搞清楚了。她沒有經過訓練。她沒有千錘百鍊過，在男女這條河裡撲騰，她還嫌嫩了點。

男女這條河，不是誰想蹚就能蹚的，除卻小佟那樣的天才，否則的話，最好還是要做點童子功，從娃娃抓起，從十幾歲「情竇初開」開始，嘗試著學點技術本領，以防將來萬一。遺憾的是，楊嬸沒有，她在這方面的經歷堪稱一張白紙。大概在她很年輕的時候，她就遇上了楊站長，似乎除了結婚，他們之間再也沒別的事可做了。她再也不會想到，大半輩子過去了，她會遇上一個年輕人。這是怎樣的一個年輕人啊，她願意為他拋夫別子，為他家破人亡也在所不惜！

我不知道這其中出了什麼問題，除了激情，大概沒有別的可以解釋了。

我猜想，她是真的離不開他了，身體的，感情的。她常常會為他揪心，跟他哭鬧，他就是她的命啊。我難以想像他們是怎麼戀愛的，楊嬸也會耍耍小性子嗎？嘟一下嘴，或是撒一下嬌？老天爺，這都是年輕人玩的伎倆啊，當然對於正在熱戀中的楊嬸，我們也不能求全責備。不過，她做這一切是晚了些，挺慘的。

我聽人說，人生裡做一切事都得趕早，否則就不像了，會成為一個笑料。

我還聽人說，人生也是遵循一個「能量守衡」的。李叔同在經過一番大荒唐之後，突然出家做了和尚；楊嬸從一個良家婦女脫胎換骨變成一個「蕩婦」……現在看來，皆可以成為這個命題的例證。為什麼呢？能量分佈不均啊。

直到今天，我也不知該怎樣來評述楊嬸。她毀了一個家庭，然而這其中經過了怎樣的一個過程，我們卻全然不知。我只是看到了一個女人，她沈沈地睡了幾十年，幾十年間她所做的一切，結婚生子，養花弄草……都可以視作是她的一場夢遊。楊嬸的悲劇就在於，有一天她竟然能從這夢遊裡醒了過來！是啊，誰會想到這一點呢？也許我們每個人都在夢遊，我們中的許多人，是可以一直昏睡不醒的，因為我們沒有遇上那個可以喚醒我們的人。這是多大的幸運啊。

也許呢，我們遇到過那個人，可是錯過了，那是在我們年輕的時候。

在我們年輕的時候，我們被人騙過，然後呢，偶爾也學會去騙騙人，再然後，我們便慢慢懂得，男女之間就是環環相扣、冤冤相報的事。這都是代價，使得我們在往後更漫長的歲月裡，知道什麼是我們該做的，什麼是不該做的。在往後更漫長的歲月裡，我們大抵還是要去愛的，從頭學起，咬牙切齒，非常非常吃力，這是一定的。隨著閱歷漸長，我們便慢慢知道，愛不是件說一不二、鐵板釘釘的事，它其實是似是而非、面目模糊的。它需要控制，怎樣在其間找到某種平衡，這是能力，而這個能力不是一兩次戀愛就可以促成的，它必定需要一個人的堅韌、耐心，種種妥協。這是怎樣的一種妥協啊，曲裡拐彎，左右為難。就是被打落了牙齒也得往肚裡嚥。

在往後漫長的歲月裡，我們還會曉得，愛不是激情，而是一種廣大無邊的溫情；它甚至不是兩個人的事情，也無關男女。它就是你一個人的事，推己及人、及物、及世間一切有形無形的事物；它是享樂，然而更是受苦；你只要去愛，就必要學會忍耐，忍耐到極限。這其間要不斷地跟自己說：我不要傷害任何人。我寧願傷害我自己。

若能做到這一點，人就自由了。

愛是什麼呢？愛就是追求自由、獲得解放的過程啊。

而這一切，楊嬸怎麼會知曉呢？她還沒有在人生的風浪尖上摔過跟頭，她甚至連最基本的戀愛訓練都沒過關，就倉促地跟人私奔了。在她的身後，是一個家庭的荒涼倒下，楊嬸從其中站起來，她直挺挺地站在那兒，使得二十多年後的今天，我還能清晰地看見她，她的音容笑貌，她的淡泊從容；看見那些曾與她同在的光陰，秩序，生活……看到這一切的一切——如果說是幸福——它怎樣把她籠罩其中，緊緊地包裹她；她感到窒息嗎？她覺得難以忍受嗎？她輕輕地吁了口氣，她是要反抗嗎？

楊站長一家，是在三天之後才確定楊嬸出走這個事實。孩子們在母親出走的第二天都回家了。他們在一起商量對策。起先，他們以為母親是被拐賣了，或者迷路了，便向院子裡的人打聽著。消息就是這樣傳出去的。

他們尋找母親的蛛絲馬跡，雖然疑惑著，也還是相信了。這種事情，瞞得過外人，瞞不過丈夫的。楊站長也略微記得，在那天晚上，他聽見了卡車的鳴聲，有節奏地響了幾下。楊嬸出去了，又回來了。第二天就失蹤了。

他還能記得，她的種種反常行為。有一天下午，家裡的床單亂了。

有一天夜裡，她抱住他哭了。

孩子們沈默了。他們覺得難堪和羞恥。他們的母親……都五十了。

一個星期之後，楊嬸仍沒有回來。一家人相信，她再也不會回來了。兒子就說：「不准去找她，就當她死了，我們沒有這個母親。」

三女兒說：「她回來了，我們也不認她，趕她出去。」

楊站長老了，一個星期之內，他老了十年。他的頭髮全白了。原本不愛說話，現在更加沈默了。他召集孩子們開了一個家庭會議，正式宣告這個家庭的解體。他的原話是這麼說的，他說：「這個家算是散了。」

大女兒撲到父親的腳邊，一個勁地搖著他的身體，哭道：「這是為什麼，到底是為什麼呀？」

後來，微湖閘的人都說，楊站長太慘了，他在蒙羞。當然蒙羞也許不算什麼，很多男人都在蒙羞，只是他們未必知道罷了。若是早個十年，楊站長是能扛過去的，現在他老了，還有兩年就要退休了！楊嬸早幹什麼去了呢？她選擇這個時候出走，是直取楊站長的命喉，她是要他的命啊。

孩子們把母親恨得牙癢癢的，因為父親不久就病了，他患了癌症，住了半年的醫院。又隔了幾個月，他死在大女兒的婚床上。

一家人迅速地分崩離析了。大女兒迫於情勢結了婚，也不知道她幸福嗎？她還會相信幸福嗎？她能相信那種白頭偕老的婚姻嗎？庸常的日子一天天地過下來，她能理解她母親當年的選擇嗎？她的弟弟也不知是否考上大學了？他早該結婚了吧，他過得還好嗎？很多年後，他母親的陰影還會影響他嗎？他也許忘了。只在夜深人靜的時候，他睡不著，坐在床頭抽菸。在那一瞬間裡，他的心思是否會在某件事上停留片刻？他感到害怕嗎？——他不願意回憶？

他該怎樣評價他的母親？從一個男人的角度，他怎樣回憶在少年時期，發生在家裡的一樁醜事？他感到燥熱嗎？他怎樣對他的孩子說：「你的祖母……」也許他會說，「你沒有祖母。她很多年前就死了。」

我也不知道楊嬸……她還活著嗎？近二十年過去了，她也有七十歲了吧？她和那個青年會結婚嗎？他們有了兒子？她是把兒子當作孫子來哄的，老年得子，她大約也會疼得歡喜。

她過得還好嗎？窮是窮了些。衝動過去了，她又回到日常生活裡去了吧。這個日常和那個日常有什麼不同嗎？也不過是縫補漿洗，人倫道德……轉了一個圈，到最後，她大概也覺得她當初的選擇是沒有價值的吧？

她能想起在微湖閘的歲月裡，她家裡的那盆萬年青？滿院子的葡萄葉，在陽光下滴下了影子。她常出去串門，手裡結著毛線活。那時候，她很年輕，體態也輕盈。她是個體面的站長夫人呢！

她能想起自己的丈夫嗎？她的四個冰雪聰明的孩子……不知道過得怎麼樣了？她想他們呵！有一次，她找到兒子的學校（他當時已經念高三了），他拒絕見她。他跟傳話的老師說，他沒有母親，他母親很多年前就死了。

她哭了，躲在樹叢裡看他，他長高了，是個青年了。他很像他父親，挺拔整齊，很有樣子。她想著，再過些年，怕也有很多姑娘喜歡他吧？

她也回過微湖閘，偷偷回去的，並沒驚動很多人，只是看望了一些老朋友，比如我奶奶。她又哭了一場，也不知該說什麼，只是很窘然。我奶奶安慰她，也不知該說什麼，也很窘然。總之，那次見面很無趣，她也後悔的。

她去家裡看了一眼，院子已經荒廢了，沒有人煙氣。原來的小花圃長滿了野草，她伸手拔了幾下，也懶得動了。她對我奶奶說：「該有人住的，要不太可惜了。」她唏噓了好一陣子。

後來她就走了，也不知去哪兒了。對於她的去向，她總是不說。

關於那個青年，她也不置一詞。也許他們早就分開了，這種露水姻緣，很難說的。我奶奶總相信，是那個青年拋棄了她。她說：「楊嬸過得不好，這才幾年，她就老了。她穿衣也沒有從前那樣講究了。很淒涼的。為了生計，她大概又跟上別的男人了吧？」

我說：「楊嬸還是懷念微湖閘的。」

我奶奶說：「是呀。正因為過得不好，她才會懷念的。」

我有點難過。我想起了楊嬸，那個從日常裡出走的女人……她背棄了從前的一切，她形單影隻，她的身後是沒有背景的。她走在異鄉的街道上，老妻少夫，大約要背負很大的世俗壓力吧？她勇敢極了，也從不後悔。她忍受貧困和不幸，一切屈辱。

一個女人，再怎麼著，她希望她的付出是有回報的，可是再沒想到會是這樣：她倉促地老了，慾望也消失了。她背著行囊，跟著一個個男人雲遊四方，最終也沒能安定下來。

她大約變潑辣了。在她老年生涯的某一天——假如她能等來那一天的話。她坐在屋子門口曬太陽，很多人從她面前走過了。人們不會想到，這樣一個安寧、昏沈的老太太，她曾有過怎樣的一生。在她人到中年的某一天，她突然變成了另一個人，從此，她平淡的一生裂了口子，再也沒有彌合過。

她從日常生活裡逃離出來，輾轉起伏，最終又回到日常生活裡去。她操勞，肥胖，臃腫。侍候男人的日常起居，必須算計著花錢。為一點小事鬥嘴，有很多不愉快。有一種時候，她在屋簷底下坐著，抽空想為自己織件毛衣，她把毛線繞在自己的小手指上，一針一線的，很緩慢……再沒想到會是這樣子的，一切邋遢之極。

我奶奶對楊嬸仍不肯原諒，她覺得她欺騙了她。她說：「不管怎樣，她不該瞞我。她在我面前溫言軟語，她騙了我幾十年。」

她又說：「女人犯錯誤總是有的，可是她不應該把孩子給拋棄了，那是她的親生骨肉呵，她怎麼忍心？」

她繼而慨嘆世態炎涼，做一個賢良女人，組建家庭的重要性。她說，不要騷包，女人騷包會有報應的。一切都要平靜，坦蕩，忍耐。這樣才會有好果子吃。

楊嬸走了以後，我奶奶更加孤獨了。她晚年，雖然家裡有親朋走動，她也照樣客氣而熱情，可是我想，她有提防心了。她再也不相信任何人了。

chapter9 · 懷念和爺爺奶奶在一起的日子

我爺爺奶奶是包辦婚姻。我爺爺長到十六歲那年，做媒的就說，張家姑娘做得一手好針線，腳又小，人又賢慧。身子骨大，能生孩子。

我爺爺出身農民，他祖上是從山東過來的，本有些資產，可是賭光了。到我爺爺這一代，不得不造反鬧革命。他組織了武裝游擊隊，在江淮一帶出沒。後來，他加入了中國共產黨，成為一個小頭目。

我爺爺曾有過一個相好，那還是早年，他的革命同志。那女人是短髮，穿著灰布衣衫，腰間紮著皮帶，皮帶上掛著駁殼槍。總之，她和我奶奶是不同類型的人。她果斷，略通文墨，也能言善道。多年以後，我奶奶說起她的情敵時，仍帶有勝利者寬容的微笑。

有一天夜裡，我爺爺藉口有行動，挎槍出去了。他來到村口，他的女人正在等他。我奶奶悄悄跟著，她抱著孩子，完全憑藉女人的直覺，她知道丈夫這一走，再不會回來了。她在村口看見了他們，她大聲地哭著，撲倒在他們的腳底下。孩子也哭了。

我爺爺猶豫了一下，後來，他跟著我奶奶回家了。他們有了更多的孩子，也死了很多，只留下三個：我父親，姑姑，叔叔。他們過得不錯，一生平靜幸福，死了也葬在一起。

我爺爺奶奶是舊式婚姻的典型，那裡頭有老實和平安，結實的日子，一天又一天，不會擔心破碎。那裡頭的世界是完整的，男女，飲食，孩子，七姑八姨……什麼都有了，一樣也不缺。在這樣的婚姻面前，愛情沒有它的位置。愛情就像天方夜譚，像人生中的一個多餘的小擺設，看上去挺漂亮，其實也沒多大用處。

它讓我相信，沒有愛情的婚姻也是完美的。兩個不相干的男女，只因為偶然的因素，他們走到一起，生兒育女，和和睦睦地過一輩子。他們並非一定要結合，誰離了誰都能過。他們彼此沒有那麼強的向心力。是男女，生育，更強大的日常生活……是時間安慰了他們。

時間給予他們很多，它讓他們不再敏感，奢求，它讓他們麻鈍，安之若素。他們坦然接受了一切。接受了，也覺得很好。

他們互相不交談，交談是危險的。他們只是需要。他們處在自己的角色裡，角色是嚴密的，自成系統的。他們在角色裡沉醉了。

每天清晨，我奶奶起床，洗漱，她搽百雀靈和友誼牌雪花膏。她向廚房走去了，手撣著衣衫，手滑過頭上整齊的髮絲，看亂了沒有。

在清晨第一縷陽光裡，她聽見了鳥雀的啁啾聲。空氣是清寒的，刺得人鼻子有點發酸。也有一些早起的人，他們打著招呼。他們說：「奶奶早！」

奶奶也說：「早啊！出去溜達溜達？」

奶奶開始做早餐，也沒什麼新花樣，稀飯鹹菜，饅頭油條。有時候，她也會換換口味，蒸小籠包子，做糯米湯糰，做清蒸餃子。可是換來換去，總不出那幾個花樣。每日三餐，簡直要了我奶奶的命。她總是問我：「小蕙子，今天吃什麼？」

我說：「你問爺爺吧。」

她說：「他也不知道吃什麼。」

我爺爺也起得早，閒來無聊，他便去閘上走走，回來的時候，還來得及聽「新聞報紙摘要」。他也聽天氣預報，他跟我奶奶說：「奶奶，最近有寒潮。」或者說：「奶奶，明天的氣溫有三十七度呢。」

我奶奶應了一聲，心裡有數了。

他常去菜園裡看看，拿鋤頭鬆鬆土，鋤鋤草。我們家的蔬菜長得特別好，綠油油的，那全是糞便澆出來的。我爺爺用自家的糞便上田。爺爺說，糞便是寶，這叫肥水不流外人田。

總之，他有著樸素的生活觀，他代表著農業社會人人動手，豐衣足食的理想。那是七〇年代早期的日常中國，一切都是混雜的，熱鬧的。青年人上山下鄉了。他們打起背包，到遠方去。他們離開熟悉的一切：城市，街道，年邁的父母，閣樓裡的日常生活，電影院……他們在淩晨的火車站會別，一片激昂的哭泣聲。

列車徐徐開動了，很多人從車窗裡探出頭來，揚著手，也不知說著什麼。有人在月台上抽菸，有人跟著列車跑。

列車把一代青年帶向遠方。列車駛過城市，荒野，也不停下來。遠方在哪裡，列車也不知道。

有的人死了，更多的人活下來。

有人在讀《毛選》和《資本論》，他們讀了整整十年，因為有時間，因為困惑和無聊。

有人在抄字典，從第一頁抄起，抄到最後一頁，一字也不漏過，中文拼音也抄下來了。

在民間，日常生活仍在進行著。老農們蹲在草垛旁，說起農事和吃的；因為餓，說吃的顯得尤其重要。說就是一切。婦女們嘰嘰喳喳的，袖著雙手在家門口曬太陽，笑得嘎嘎的。

我爺爺忙於開會，學習上級文件。下班了，他就打開工具箱，或者到菜園裡走走。他代表著那個時代的另一面，安穩的，踏實的，那個時代有很多面，都是不相干的。

他也讀報，那是在晚上，他閒來無聊。他把報上的內容念給我奶奶聽，他說：「這是文件，你也聽聽。」明知我奶奶不懂，他還是說著。他常常會跟奶奶說一些她聽不懂的話，有時也跟我說。我想他大概是孤獨的。他需要說話。

他遇到什麼事，打不定主意，就跟我奶奶說：「奶奶，跟你商量件事兒……」我奶奶聽著，有時參與一點意見，他也未必接納，可是說說總是好的。

他不太管家庭瑣事。每個月的工資，全數交給奶奶，用了，再去要。他心情好的時候，就跟我奶奶開玩笑；他伸出手來說：「奶奶，給我一點錢。」彷彿他是她的孫子。

我尤其喜歡晚上，一家人坐在桌子邊，爺爺聽收音機，奶奶做針線活。昏黃的燈光和收音機的嘈雜聲，滾進屋子的每個角落裡。空間裡塞得滿滿的，空間裡有老人的氣息，很溫暖，很安全，像太平的歲月，漫長的，沒有盡頭。

這就是我爺爺奶奶的婚姻。我從不追問，是什麼維繫了這樣的婚姻；因為我知道，是龐大的日常生活。家具和物件，衣食住行，人情世故……再也沒有比這更結實的東西，一天一天地，把他們帶向遠方。他們朝時間深處滑落了。

他們老了，剛過了七十，就開始計算後事。他們希望能死在一起，相隔的時間不要太長，以免留下來的人太孤獨。死了也要葬在一起，這在民間叫「合墳」。

因為體質欠佳，終生咳嗽著，我奶奶從中年起，就預備壽衣壽鞋。棺材也打好了，放在鄉下的親戚家。那時候，微湖閘提倡火葬，先從幹部做起，家屬也不例外。我奶奶害怕，每每向我爺爺請求，能不能為她破個例。我爺爺笑道：「都一樣的。火葬乾淨。燒了也不知道疼，也由不得你。一陣煙上天，人就沒了。」

我奶奶總不信，她相信人是有來世的。她希望能投胎換骨，變成另一個人，再活一次。她希望與泥土為伴，她的肉體腐爛了，被蛆蟲啃蝕了，她成為泥土的一部分。她覺得安全。

閒來無聊，她常常查看她的壽衣，放在箱底，她把它拿出來，給楊嬸看了。楊嬸也讚嘆她的好針線，針腳細密、勻稱。她說：「怕是要花費很多功夫吧？」

我奶奶笑道：「也快，三兩個月就做成一套。」

她想多做幾套，紅的，黃的，綠的，都很鮮豔，帶有喜慶的色彩。這是中國人的生死觀。她要在生前看到死。死是具體的，穿紅戴綠的，繁盛而熱鬧的。中國人喜歡把喪禮當喜禮辦，要不你怎麼解釋，一家人在喪禮上，大辦宴席，笙簫不斷。

門前的小街上，時常有喪隊走過，人們哭嚎著，間歇有音樂聲。音樂聲越來越近了，不是哀樂，是輕快、歡騰的民間小調，乍聽起來就像喜樂。

我奶奶嚮往這樣的死，盛大，莊重，不哀傷。她害怕死，可是這一天遲早會到來。她常常側著耳朵，一聽見有送葬隊伍走過，就顛顛地走到門口。她倚在門框裡，看見吹鼓手搖著身體，吹出誇張的聲調來，她的眼睛裡有深深的靜默。

那一年她五十歲，一邊做著喪服，一邊沈浸在日常生活裡。這兩者都能給她愉悅。死似乎是件遙遠的事情，不過也很難說，說不定哪天就臨頭了。她看著她的喪服，深遠地笑了。

活著也很好，她是日常生活堅決的擁護者，她從來沒有背叛過它，因為不曉得背叛，也沒有氣力和心智；因為覺得很好。

她活了很長，卒年八十八歲。我母親笑她是「彎扁擔不折」。她晚境淒涼。我爺爺死了以後，她獨自撐了十年。她常常想起在微湖閘的日子，有爺爺和親愛的孫女，門前的老榕樹每年都要開花，她記得的。那是她生命的盛年，她有錢，也常常接濟別人，她受人尊敬——對於別人，她是有用處的。

在她小小的世界裡，什麼都齊全了。針線活，和楊嬸的友情，她的小兒子還沒有結婚……她忙於一日三餐，縫補漿洗。誰家遇上紅白喜事了，她也去出分子。

我爺爺健在時，她就開始燒香。她在睡房裡供奉了香爐，香爐擺在五斗櫥上，是銅的。雖然家人反對，她也堅持下來了。正餐前，她必淨手，端立於香爐前，嘴裡也不知念著什麼。有一次，她對我說，她是保佑家人平安，兒孫富貴。她也保佑自己能多活幾年。活著總是好的。

這漸成了她的信仰，她靠這個活下來，她不能沒有希望。

爺爺死後，她跟我父親生活。我父母禁止她燒香，她也不說話，一個人回房間裡淌眼淚。她不恨她的兒孫，他們是這個家族的血脈。她只是恨我母親，空洞地恨著，雖然能找出很多壞話來，她也輕易不說。她克制著。再說，她老了，也恨不動了。她和兩個兒媳相處冷淡，她年輕時氣盛，對她們苛刻也是有的。現在她們報復她，她很知道。總之，人老了，需要別人照顧。很多姿態，她不得不放低。她對她們有點諂媚。她更加難過了。

她晚年，意識很清醒，是個有自尊的人，也不願吃「嗟來之食」。她靠養老金生活，兒子不要她的錢，她便為他們做飯。她做的飯菜不合他們口味，她便討好地笑了，很無恥的，她知道。

她堅持自己洗衣服，再是病體纏身，每天也要換內衣。她想做個乾淨的老太太，體面地死去，她不想招人厭煩。有一次，我看不過，幫她把衣服洗了，洗了以後又不給她好臉色看。我為她做飯，先還是愉快的，後來又不高興了。也常刺她。她是個累贅，這是不言而喻的。

在我成年以後，我和她的關係是曖昧的。一方面愛她，可是我的愛是空洞的。我沒氣力表達。看見她，鼻子總是發酸，忍不住想淌眼淚。一方面是成長的力量，一方面是衰敗的肉體——我沒有氣力。我繼承了我父族的冷漠無情，我對我最愛的奶奶也不過如此。

我嫌棄她，更加愛她。我被與她的關係折磨著。我希望她能死去。

她也常常盼著死，活著如此受煎熬，精神的，肉體的。她越來越虛弱了，也不能幹活了。她成了一個廢人。她住在高樓上，兒孫們都上班去了，門也反鎖了。空洞的房間裡只有她一個人，一點細微的聲音都聽得見。

她打開陽台的窗戶，看見樓底下的草坪邊，有幾個女孩子在跳橡皮筋，她們的影子在陽光底下一晃一晃的。有個男人，騎著自行車，一路的鈴聲搖過去了。身外的世界是如此美好，她想多看幾眼。

她喜歡晚上。一家人團聚了，兒孫滿堂，屋子裡充滿了聲音和光亮。她覺得溫暖。吃完了飯，大家各自回房間去了，她一個人坐在客廳裡，一副依依不捨的樣子，她想和他們待在一起，聽他們說說話。隔壁房間裡一有笑聲，她就趕過去了，倚在門框裡，想湊個熱鬧。他們倒不笑了。

她有些黯然。他們的歡笑終是與她是不相干的。

我很不忍。把笑話又複述一遍給她聽，她笑了，輕輕地抹眼淚。

她的頭髮更少了，仍梳得很整齊，在腦後盤髻。有一次，我母親跟我說：「你奶奶白毛娑娑的，站在那兒，怪嚇人的。」

她聽見了，雖有些不高興，卻也笑了。類似的打擊，她大約已習慣了吧？

家裡有客人來，她搭訕了兩句，主動迴避了。她原是很講究禮節的，最是懂得待客之道，只是未免太熱情了，總讓人不舒服。她那一套是過時了，顯得老土。我母親也煩她這一點。

她在臥室裡聽著客廳的喧譁，歡聲笑語。她靜靜地做著針線活，像要睡著了。

她越來越多地沈睡了。一天能睡十二個小時。她跟我說，今年的精力就不比往年。

我弟弟的孩子出生時，她為她的小重孫做一雙老虎頭棉鞋，做了足足半年。在燈光底下，打著哈欠，強制自己不睡覺。她說：「要是在往常，我半個月就做好了。現在眼睛也花了，針也穿不上了，手也哆嗦了。」

我說：「你也不看自己多大年紀了。」自知話說重了，我有些難過。

她說：「我也盼著死呢，小蕙子。活著一點情趣都沒有，對別人也是拖累。」

我哽咽道：「誰說你是拖累了？要死要活，也不是你說就算的。」

她說：「再過明年吧，我感覺時間快了，我常常夢見你爺爺。」

我二十三歲留在省城生活，平時極少回家。我不知道她過著怎樣的生活，她怎樣熬過了艱難的每一天，有吃，有穿，兒孫滿堂，可全然不是那麼回事。她聽見樓道裡有腳步聲，就激靈一下睜開眼睛。她盼著兒孫回家，可是回家了，也不是那麼回事。

她成了一個廢人，她敏感，清醒……活著對她是折磨。

我春節回家了，問起奶奶的情況（她住在我叔叔家裡）。

我母親說：「她活著呢，比誰都能吃。」

我母親又笑道：「她怕死呢，一點傷風頭痛，就鬧著去醫院……」

我沈默了。我討厭我母親的刻薄，可是也能理解，畢竟是婆媳，你能指望一個媳婦做什麼呢？

我去叔叔家禮節性地拜訪。在我成年以後，我對親人所做的一切都是禮節性的。我冷漠了，這是真的，我更加堅強。再也沒有什麼可以打動我。我把情感更深地埋在了體內，我學會了忘卻，我從不做什麼，包括對我奶奶。

我嬸嬸向我抱怨道：「你奶奶現在大小便失禁了，總愛偷偷地洗澡，一洗澡就著涼，拉肚子，可苦了我們。」

我叔叔笑道：「她已經有半個月沒洗澡了，她很愛乾淨的。」

我嬸嬸說：「現在乾淨了！滿屋子臭味！」

我搭訕著走開了。生命是這樣的乏味，無奈，充滿著傷心和妥協。我希望她能早點死去。

她看見了我，顯得異常高興。孫輩中，她最疼我，從小是她帶大的，她有感情呢。從前的小蕙子是她晚年回憶的一抹亮色，她常夢見一個紮著抓髻的小孩子，走在微湖閘的林蔭道上，她啃著手指頭，穿著帶有向日葵圖案的罩衫。她的脾氣很古怪的，動輒就發火。

——她記得呢，也常跟人說起。

她說：「難纏呵，三個月大就被我帶在身邊，也沒有奶吃，就裹我乾癟的奶頭，裹得疼呵。」

她笑了，拿手掌擦眼淚；又說：「這孩子命苦，從小就病病歪歪的，能託生這麼大，也難得的。」

有一次，我叔叔來信說：你給奶奶寄張照片吧，她想你，常常就哭了。她記不清你的樣子了。

我拖了足足半年，才挑了幾張照片寄過去，算是敷衍她了。

後來，我也不知道，那些照片她收到沒有？她看到她孫女了嗎？她感覺到她的冷淡和不負責任嗎？她寒心嗎？所有的溫情都不在了，一點點地走了。她一生做了很多善事，也沒有得到應有的回報。她要的是一種有尊嚴的死，溫暖，正大，歡樂……不是這樣子的。她總也不死。

她難為情了，因為諾言沒有兌現，她不好意思再見到我。她安慰我說：「快了，我都聽見聲音了。過了冬，到明年吧，我就死了。」

這話又說了很多年，每年都說，後來她就不說了，因為說煩了。她訕訕的，有點汗顏。

我越來越少回家了，幾乎有三年，我不再見到她。我常常想起她，也內疚，也心疼落淚。可是落淚了，也不回家。

她死在我姑姑家。我姑姑家窮，孩子多，一家人擠在幾間平房裡，屋子裡有燈光，溫度，有孩子跟她說話，伸開手臂想她抱……從前的日子又回來了，那久違的尊嚴。

我父母偶爾去看她，她說：「把我接回去吧，我想死在兒子家。」

我母親說：「快了，我在裝修房子。再說你這樣不是很好嘛，有孩子陪你睡覺，又不寂寞的。」她是最害怕一個人睡覺的。

她說：「他們髒。」

我母親說：「你就不要嫌棄了。小蕙子倒是乾淨的，可她不願意跟你睡。她也不在家。」

她沈默了。在她生命的最後兩年，她不再提起我哪怕一個字。我想她是怪我的。

我想起親愛的奶奶，一生富貴，尊嚴，嬌弱……她住在平房裡，夏天忍受蚊蟲的叮咬，門前有死水腐臭的味道。她每天倚在門口，盼著兒孫接她回去，他們總也不來。

她死在凌晨，頭一天晚上吃了很多，臉突然紅潤了，飽滿了，有很多光澤。所有人都不知道她的死期就要到了。第二天清晨，我姑姑叫她，她沒有應聲。我姑姑也沒往那方面想，徑自向廚房走去了。她家的小孫子走到老太太面前，拉了她一下，她的手耷拉下來了。

這就是一個平凡人的死，她是無疾而終。她的死輕如鴻毛。

她死於二〇〇〇年春天。那時，我的小說剛剛開始，我奶奶已風燭殘年；現在，我的小說寫到結束了，所有人世的歡騰都近尾聲了，她的屍體已被燒成灰，成煙，在二〇〇一年的上空看不見了。

家裡舉行了盛葬儀式，我回去了。我在殯儀館看見了她，她靜靜地躺著，神情端正，沒有怨言。只是臉色白得嚇人。才剛死了兩天，她的身體就縮小了，像個孩子。她穿著兩年前新做的壽衣：紅綢鞋，綠褲子。

我在她身旁跪下了，我撫摸著她的手背，輕輕地說：「奶奶……」我說不下去了，我的喉嚨澀得發疼。

我陪她回鄉下去，那兒是她的家，那兒有爺爺。我們跪在荒地裡，看著村人把兩人的骨灰裝在一起，放進棺材裡。她的衣衫也燒了，我從火堆裡搶出來一件她的黑棉夾襖，把火滅了。黑棉夾襖發出一陣焦糊的氣味。我把它抱在胸口，把手伸進她的衣兜裡，那兒有火光的灼熱溫暖，就像她的體溫。我久久地焐吸著。

墳被平上了，荒野上一覽無餘。荒野上會長出草來，人們踏青而過，人們不會知道，下面睡著兩個老人，他們是我的爺爺奶奶。更漫長的人世，更溫涼的人生，那浮華，歡娛，悲傷……仍在重複著。他們是看不見了。

我爺爺死於一九九〇年，卒年七十八歲。他患了癌症，在醫院裡熬了兩年，隔幾天灌腸洗胃，他是個堅強的老人，只是忍受著。他盼望能活下來。

我不知道洗腸的痛苦……據說，那比死更讓人難以忍受。每次洗腸後，我爺爺總是拒絕吃飯，他嘔吐，他一天天地枯竭了。他是星期三洗腸，星期一就念叨著說：又要洗腸了！

有一次他對我父親說，他不想洗腸，他想平靜地死去。

我父親說，你要合作，這是醫生的決定。

他聽從了。他晚年很聽話。他聽任一切人的擺佈，他的肉體不屬於他自己。孩子們體面，孝道，他要讓他們賺足面子。他相信醫生，可是醫生不給他生命，只給他痛苦，他至死都蒙在鼓裡。

他被人擺佈和折磨，他身體的油燈快要耗盡了，醫生說，還是帶回家吧，還有三四個月時間，做點好吃的，陪他說說話。

我爺爺回家了。強打精神坐在門口曬太陽，有一段時間，他似乎強壯了，也能拄著拐杖四處走走了。倍感孤獨。

他的孤獨感，是從退休以後開始的。退休是男人的分界線，他一生從此被劃為兩截，前截是漫長的，揮手之間氣蓋山河；後截也是漫長的，因為孤獨。

也許男人的一生都是孤獨的，並不分前後。只是老了，氣力從他的體內消失了，他被排除在社會之外，他成為一個無用的人，被別人同情，照顧，他不能適應。

他的身分感也消失了，人們不叫他「李主任」，只叫他「老李」。許多待遇也自然而然地取締了。他時常一個人走在微湖閘的林蔭道上——那時候，他還沒有離開微湖閘。他背著手，許多陌生的面孔從他面前走過了，他也叫不上名字。總之，他的時代過去了，在新時代面前，他是個外人。他有點拘謹。

牙齒鬆動了，只能吃稀軟的食品，耳朵也聾了，配耳機也聽不清楚，聲音嗡嗡的。他和人談話時，不得不把耳朵側近點，再側近點，人們大聲著，他也大聲著，彼此都很吃力。他是個有自尊心的人，索性很少說話了。

他只看報，一字一字地讀，很認真的。他研究國事，這是他們那代人的傳統，對於政治很敏感。他懷念毛澤東時代，對毛很敬仰。他無比忠誠於那個時代。

他也理解新政策，每次開老幹部會，他都去學習，也常議論著。他說，還是要發展經濟，現在人民生活好了，國力也強盛了。中國離了共產黨就是不行，還是要實行民主集中制。什麼自由主義，全是扯淡，在中國行不通的。

他只是看不慣世風，越來越敗壞了。人簡直下流，只向錢看，也沒有志向。他說，這樣看來，毛時代的優點又顯出來了。

他喜歡和我妹妹玩，我妹妹也是個閒人，正在念幼稚園。吃完了飯，他就說：「小敏，來打牌吧。」

我妹妹喜歡打牌。祖孫倆就你一張、我一張地搶著出牌，也不顧牌理的。有時他故意偷牌，我妹妹就鬧了，纏在他懷裡，他說：「你喊爺爺！」

我妹妹說：「爺爺好，爺爺壞，爺爺是個大壞蛋。」

他把我妹妹一把抱起來，笑得那個開懷！

他關心我和弟弟。我弟弟成績不好，我叔叔家的孩子也貪玩，他憂慮極了。他說：「那是李家的兩條根呵。」他嘆息著。

他過問我的成績，也不知能否考上大學。他希望我前程似錦，將來能嫁一個好人家的子弟。我覺得無味極了，倚在書桌旁，待笑不笑地看書，也不理他。

我奶奶私下對我說：「你應該對爺爺好一點，他老了，時日不多了。」

她說著說著就哭了，我也跟著一塊哭。

他的最後兩個月，總在門口等人，直等到最後一個人回家了，他才放心。我弟弟騎著自行車向他衝過來，他往後退了一步，說道：「毛裡毛躁的！」我弟弟也不理他，徑自騎過去了。

他年輕時身體健壯，一個人能騎幾百里的路，從很遠的地方趕回來看我的父母。想起來，那一幕就在眼前，他常常說起。

我父親說：「他過不到這個冬天……」我奶奶抱怨地看著兒子，沈默了。

他確實死在那年冬天。他跟我奶奶說，他想再活兩年，到八十歲了，還想過個整壽……

他受病體的煎熬，只是捂著胸，疼，也喘不過氣來。他很少起床了，也吃不下飯。他說：「奶奶，我這病……」只是搖頭。

他開始立遺囑，並把奶奶鄭重地託付給兩個兒子，說：「我走了，你們要照顧她。」

我奶奶哭了。

有一天夜裡，他起來小便，他爬下床，拒絕我奶奶的攙扶，後來摔倒在地上，我奶奶下來扶他，他搖了搖頭，自己撐著爬了起來。上了床以後，就死了。

我奶奶過來砸門，哭喊我父親的名字，我父母睡著了。

我在隔壁房間聽見了，知道他死了。我吸了口氣，眼睛盯著天花板看了一會兒，似乎並不怎麼驚慌；又磨蹭了一會兒，這才起床開門。

我母親不敢去他房裡，只是敦促我父親和弟弟，過去把爺爺的衣服脫了，換上壽衣。

我去了，因為知道自己將來是要寫小說的，要把這一幕看在眼裡。

他的身體很沈了，兩個男人都架不動。我弟弟閉著眼睛，嚇得身體直哆嗦。他後來對我說：「爺爺的內褲上有尿。」

我說：「那是一口氣接不上，憋出來的。」

那是我第一次面對親人的死，他是我親愛的爺爺，我受過他的恩澤和呵護，我生命裡最幸福的一段，是和他聯繫在一起的。那一天，我平靜極了，很清醒，有一種對細節過分的注重。也很傷心，可是傷心也是清醒的，像站在自己的身外。

也不知這一切從何而來，怎麼變成這樣一個人！自己都覺得不可思議。

葬禮是有級別的，我父親請來市府領導，開追悼會，舉行告別儀式。放的是哀樂，哀樂和車隊一起，走過整個小城。哀樂伴著爺爺升天了，我們看著煙囪裡冒出青煙，一縷縷的，被風吹散了。陽光很燦爛。

我是看著爺爺被推進大火爐裡的。爐門打開了，爐火燒得很旺。工人推起他的床就往火裡送，被我姑姑攔住了，我們一家人都圍上去，跪在爺爺面前痛哭。工人說：「你們這樣子，我還怎麼工作？」

有人過來相勸。

我跪在一旁，迅速地閉上眼睛，心裡默念著：爺爺，你走了，你能保佑我嗎？你保佑我平安，幸福，不要早死，學業順利——一邊也譴責自己的麻木和自私。

骨灰不久取出來了，只是一部分。我叔叔蹲在地上，把它捧進骨灰盒裡。也有幾根骨頭，沒有燒盡的。我站在一旁看著，想起生死，只是落淚。

我叔叔喃喃地說：「爺爺走了。」

我點點頭。

我嬸嬸說：「爺爺沒給兒女造麻煩，他只是苦了自己。兩年呵，他是怎麼忍過來的。」

我不再說什麼了，把眼睛瞇縫進陽光裡；我安然地席地而坐，看見陽光一片片的，有一瞬間似乎是暗下來了。我感覺到一陣徹骨的陰冷。

現在，讓我把時間再往前推，推到七〇年代的微湖閘，回到和爺爺奶奶在一起的日子裡。讓我再重溫那段歲月吧，那裡有生命的盛年，孩子的，老人的，人們在榕樹底下睡著了。那裡有叔叔們，親愛的楊嬸，現在他們也睡著了吧。

那是怎樣溫暖的日子呵，所有的情感都是舒展的，靜靜地發生著，還沒來得及破碎。在一個小孩子的眼睛裡，光與影折射著，一部分的世界在她眼前打開了，它是那樣的生動，活潑，具有局部的完整性。許多微妙的、像蟲子一樣的細節。許多時光慢慢地走過了。

青黃的梧桐葉高高地掛在天空，風起時，葉子搖曳著，發出沙沙的聲音來。偶爾，葉子裡也會露出一兩塊青白的天空，很像人的眼睛，睜著，又閉上了。

她看見一排排的房屋，在陽光底下打著盹；窗戶是開著的，窗戶裡坐著人，在輕輕地撓耳朵。食堂的煙囪冒煙了，才下午三、四點鐘光景，師傅們開始做晚餐了。

她看見很多很多人，走在晚春的街上，人們的脊背上冒出汗珠來。人們走著，嗑著瓜子，漸漸失去了知覺。

要是在冬天呢，家裡生著火爐子。爐子上燉著一壺水，隔一些辰光，水就響了，吱吱地冒氣泡。她奶奶說，這叫水蒸氣。開水是不響的，響水不開。

奶奶又在客廳裡放置了一口大鐵鍋，鐵鍋裡燃著鋸屑和煤炭，能燒一天一夜呢。第二天清早，一鍋的白灰，就像雪。

她喜歡看窗戶上的冰凌和霜花，那就像童話裡的世界。正午時分，霜花就沒了，化了。她總有些傷心，為此還淌過眼淚呢。

那是她來到人世的最初幾年，她空有很多情感。一切都是新鮮的，第一次的，她睜著眼睛看著。她常常坐在家門口，她的背後是紅色的磚牆。正午的陽光底下，有人袖著手，跺著腳，從她面前跑過了。他們說：「小蕙子，吃了沒？」

她說：「還沒呢。」

他們又說：「冷嗎？」

她點點頭說：「冷噢。」她往後縮了縮腳，腳也凍得冰冷麻木。

她常常去鄰居家串門，回來後，便把看到的、聽到的講給奶奶聽；本以為是一些尋常不過的事，可是奶奶卻笑了，神情很有點意味深長。奶奶說：「原來是這樣！」

奶奶又說：「那你記得他在屋子裡待了多長時間？」

她說：「他沒進來，站在門口跟小楊阿姨說了兩句話。」

奶奶說：「那是因為你在，他才沒進來。」

她就有些明白了。她的世界越來越廣闊了，男女，倫理，道德……她學會了沈默。她開始東想西想想，皺著眉頭，很認真的。人世不過是那麼回事，有幾件極重要的東西，比如吃是重要的，人總不能不吃飯吧？再有睡覺也是重要的，人也不能不睡覺；還有就是男男女女的那些事，奶奶和楊嬸那麼關心，所以慢慢地她也就關心了。

她老了，才五六歲的孩子，心裡有很多沈澱。她有了成人的隱祕，變得成熟和傷感。可她有時候也是快樂的，像個真正的孩子。你再也不會看見，很多年前她在陽光下的臉，黃黃的，貧血一般的顏色。她紮著羊角辮，她的辮髮黃又長，直拖到屁股。奶奶把她的辮子捲起來，繞成兩股、三股，看上去漂亮又俐落。

因為碎髮多，奶奶又為她梳了抓髻，腦門上一邊一個。誰都說，小蕙子的頭髮真漂亮，誰給梳的？她就說是奶奶。有時她也懷疑，別人是不是在哄她玩兒？她便生氣了，回家衡奶奶發火。

有一次，爺爺把她的頭髮剪了，梳成短髮。她大哭大鬧，覺得還是長頭髮好看。她是細米牙齒，長得不甚整齊。她常常笑起來，很爽朗的。那是一個孩子的笑，莫名其妙的，她一個人能咯咯笑上半天。

她把眼睛更深地瞇進陽光裡，她蒼黃的臉在那一瞬間是天真的，茫然的，無知的。晚上，爺爺閒來無聊，逗奶奶說話，他把手伸進奶奶的胳肢窩裡撓她。她笑得彎下了腰，大聲地說：「咳咳，你們真是笑死我了。」

爺爺奶奶也笑了。

奶奶對她說：「這個老爺爺，有點老不正經，是不是？」

她說：「不是，那是爺爺喜歡你。」

睡晚覺了，奶奶洗漱完畢，坐在床邊發呆。她站在奶奶身後，把自己掛在奶奶的脖子上，她說：「奶奶，我們皮麻吧。」

「皮麻」就是取鬧、遊戲的意思。她一用力，奶孫兩人就跌倒在床上了。她們笑做一團。她喜歡這個遊戲，也常常做著，總不嫌煩的。

有一次，她病了，睡了幾天也不見好。奶奶往她頭上敷熱毛巾，奶奶說，我的孫女做小狗了——奶奶不說我的孫女兒生病了，發燒了；奶奶說我的孫女兒做小狗了。這是奶奶的迷信，把話說得醜一點是為去災避邪。

她迷迷糊糊地躺著，看著夏日的低空，有一群鴿子飛過了。綠色的紗窗上黏著一隻蒼蠅。牆角有一兩片碎紙屑。她的氣息越來越微弱了，呼吸也困難。她想，她就要死了嗎？再也看不見這個世界了？還有親愛的爺爺奶奶……她的眼淚淌下來了，迷迷糊糊地又睡著了。

有一天，她鄭重地說：「奶奶，我要對你好。」

奶奶笑道：「為什麼呢？」

她看著自己的手，拿大拇指剔中指裡的灰垢，說：「我不教你老。你老了，我也要照顧你，給你買好衣服穿，給你做好東西吃。我要照顧爺爺……」她哭了。

奶奶把她摟在懷裡，疼得眼淚都淌下來了。奶奶說：「我的孫女懂事了，奶奶一定要活到那一天，等著我大孫女孝順我！」

後來，奶奶總把這些話回述著，講給很多人聽。

她愛爺爺奶奶，那時候，她的愛還沒有破碎。她的情感世界是完整的，她有力，脾氣有點古怪……奶奶說，小蕙子是善良的。

她喜歡在微湖閘的那段歲月，她受到了爺爺奶奶的呵護，那是人世間最初的溫暖。很多年後的今天，她想起他們，還會默默地淌眼淚。再也沒有比這更傷懷的情感，她沒有能力。世界上她最疼愛的兩個人都走了，她沒有能力。

她在光陰裡靜靜地成長，總也長不大。日月是無邊的，漫長的……光陰消蝕了她很多東西。她變了，也不知這變化從何而來，她冷漠，更加堅硬。也許，這變化是上天的旨意，誰也不能躲過？也許，它預示了人性的一種真實？

她不知道。

總之，從前的她走了，從前的歲月也跟著一起走了。那是怎樣溫暖的日子呵，想起它的時候，她還會淌眼淚。它傷害了她。它是用日後的疼痛去鋪墊的。它讓她有回憶，對幸福更加渴求。她把幸福留在了那些回憶裡。

每天晚上，爺爺聽完了新聞，就回房睡覺去了。有時候他會問：「小蕙子今晚跟誰睡？」他的意思是，小蕙子今晚跟他睡；他喜歡摟著她，在床上教她唱兒歌：

小大姐，洗白手，繡花鞋。
繡了花鞋給誰穿？
給了外鄉的小四川。

她喜歡跟爺爺睡覺，他的身體暖和極了。可那時她已經「懂事」了，覺得男女是不能睡在一起的。才四五歲的孩子，也不知哪來的心思？她委婉地拒絕了他。爺爺也不多說，他搭訕著睡去了。她看著爺爺的背影，又有點難過。她不應該拒絕他的。

爺爺也帶她去洗澡，他站在河裡，用毛巾捋背。他說：「下來吧，水淺，不害怕的，有爺爺呢。」

她總是搖搖頭，她喜歡坐在岸邊看著爺爺。她看見正午的陽光掉在河面上了，和波浪一起往前湧著。她一圈一圈地數著波浪，數到爺爺的身邊，波浪就沒了。爺爺的身邊繞著水藻，他的半截身子就像從水藻裡長出來一樣。她喜歡看見這樣的情景。

爺爺喜歡她，雖然她暴戾，動輒就發脾氣。她三歲就背唐詩了，也學會寫很多漢字，那都是爺爺教的。他說：「這孩子聰明，將來必有大出息。」很多年後，她辜負了爺爺的希望，她的青春期愚鈍之極，做一切都很吃力。

——不管怎麼說，在微湖閘的童年，確實是我生命中的黃金年華，我早慧，多情，敏感……一切的一切，全被我提前用光了。我釋放了它們，太早了些，也沒弄清楚是怎麼回事。現在的我，平庸之極，我活得很乏力。

爺爺也打我，因為我的無理取鬧。我總是不快樂。我不快樂了，就摔筷子，絕食，躺倒在地磚上。我爺爺說：「不准理她！」

我奶奶要是過來勸我，他就兇她。

他中午下班了，看見我仍躺在地上大哭大鬧。他二話不說，把我攔腰抱起，對我奶奶說：「我把她扔到茅廁裡去！」

我在他懷裡掙扎著，四肢撲騰撲騰的。爺爺把我的頭倒立，往糞坑裡塞。我看見糞缸裡的蛆了，許多蒼蠅撲面而來。我嚇得噤聲了。

爺爺說：「下次你還鬧吧？」

我說：「不鬧了。」

就這樣，他又抱著我回來了。他對奶奶說：「她好了。」

我站在地上，捂著臉哭了，又笑了。

很多年後，奶奶對我說：「從前你是個難纏的孩子，不知挨過爺爺多少打！」

我點點頭，笑了。我覺得幸福。因為爺爺和父母是不一樣的。爺爺在我身上沒有留下傷痕。他愛我，從不歇斯底里。他不折磨我。

這是真的，我一生如果說有幸福，那是在微湖閘，和爺爺奶奶在一起。我懷念那些日子。我看見那些日子飛起來了，它們長出了翅膀，乘風而去。

看看這一家三口的照片吧，都是黑白的兩寸照。在七〇年代的微湖閘，在榕樹前，在飯桌邊，在日常生活某個不經意的瞬間……我們笑著，在陽光底下皺著眉頭，側過臉去和人說話，都被照了下來。

有一張照片，爺爺奶奶坐在椅子上，我站在他們中間。那是冬天，我們穿著厚重的棉衣棉褲，我把手伸進爺爺大衣的夾層裡，那裡有一圈一圈的羊毛捲兒，很暖和，無邊無際。

照片中的三個人都笑著，非常矜持的。照片中的那個小孩子微微縮著脖子，一陣風吹過，天很冷吧？不過她還是笑了，很茫然，有一種不自知的快樂。

這張照片定格成永恆。

尾聲

我的故事就在這裡結束了。我永遠的微湖閘。

也許我們每個人的一生中，都有過自己的「微湖閘」。在那遙遠的年代，我們曾住在機關大院裡，那裡有老人和孩子，有婦女和青年人。

他們在陽光底下靜靜地走著。他們踩著光陰的影子。他們之間有某種連結，人情世故，道德倫理。他們在那裡戀愛，結婚，養育小孩，伺候老人……人世的糾纏像風一樣地飄散了，也來不及記憶。他們漸漸地老了，也死了。

新一代的孩子成長起來，新的糾纏又開始了。人世的艱辛，他們來不及體會，要到很多年以後……他們也老了。一切都在重複。日常生活仍在繼續著。

高大的梧桐樹也會搭成像微湖閘那樣的林蔭道。每個孩子的記憶中，都會有一棵老榕樹，或者桂花樹，它們在逝去的光陰裡，不斷地開出新的花朵來。

一九八七年以後，我再沒回過微湖閘。我知道它還在著，是一個荒落的閘。它的機關大院呢，它的日常生活呢……我沒能看見。

有一次，我去前線歌舞團看望朋友，那也是一個舊院落，靠近中山陵附近，工作區和住宅區是連在一起的。我走在林蔭道上，看見傍晚的院落裡，有一戶三口之家正在吃晚飯。夫婦倆穿著汗衫短褲，孩子一旁哭哭啼啼的。

父親說：「你吃不吃？你再不吃，我打你！」他舉手作勢，被做母親的勸住了。

母親說：「寶寶不哭，啊？寶寶明年就要念小學了，哭不是乖孩子。」她朝父親擠擠眼睛。

父親笑道：「你乖，你總把惡人讓我做！」

我身後的高樓上，一個女高音正在吊嗓子，啊—啊—啊，一路平穩悠揚的往上走，像是在爬山坡。我微笑著從其間走過了，偶爾也會回頭看著。這裡頭有一些很生動的東西，教我想起微湖閘。

我拿大拇指掐自己的無名指，非常不自覺的，我笑了，也有點疼。

國家圖書館預行編目資料

一個人的微湖閘／魏微著. -- 初版. -- 臺北市：寶瓶文化, 2008. 02
面；　公分. --(island；92)

ISBN　978-986-6745-18-8(平裝)

857.7　　96025829

island 092

一個人的微湖閘

作者／魏微

發行人／張寶琴
社長兼總編輯／朱亞君
主編／張純玲
編輯／羅時清
外文主編／簡伊玲
美術主編／林慧雯
校對／張純玲・陳佩伶・余素維
企劃主任／蘇靜玲
業務經理／盧金城
財務主任／歐素琪　業務助理／林裕翔
出版者／寶瓶文化事業有限公司
地址／台北市110信義區基隆路一段180號8樓
電話／(02) 27463955　傳真／(02) 27495072
郵政劃撥／19446403　寶瓶文化事業有限公司
印刷廠／世和印製企業有限公司
總經銷／大和書報圖書股份有限公司　電話／(02) 89902588
地址／台北縣五股工業區五工五路2號　傳真／(02) 22997900
E-mail／aquarius@udngroup.com

著作完成日期／二〇〇七年七月
初版一刷日期／二〇〇八年二月十八日
ISBN／978-986-6745-18-8
定價／二七〇元

AQUARIUS 寶瓶文化事業

愛書人卡

感謝您熱心的為我們填寫，
對您的意見，我們會認真的加以參考，
希望寶瓶文化推出的每一本書，都能得到您的肯定與永遠的支持。

系列：I 092　　**書名：一個人的微湖閘**

1. 姓名：________　性別：□男　□女
2. 生日：____年____月____日
3. 教育程度：□大學以上　□大學　□專科　□高中、高職　□高中職以下
4. 職業：________
5. 聯絡地址：________________
   聯絡電話：（日）________（夜）________
   （手機）________
6. E-mail信箱：________
7. 購買日期：____年____月____日
8. 您得知本書的管道：□報紙／雜誌　□電視／電台　□親友介紹　□逛書店　□網路　□傳單／海報　□廣告　□其他
9. 您在哪裡買到本書：□書店，店名________　□劃撥　□現場活動　□贈書　□網路購書，網站名稱：________　□其他________
10. 對本書的建議：（請填代號　1. 滿意　2. 尚可　3. 再改進，請提供意見）
    內容：________
    封面：________
    編排：________
    其他：________
    綜合意見：________________
11. 希望我們未來出版哪一類的書籍：________

讓文字與書寫的聲音大鳴大放

寶瓶文化事業有限公司

（請沿此虛線剪下）

廣　告　回　函
北區郵政管理局登記
證北台字15345號
免貼郵票

寶瓶文化事業有限公司　收

110台北市信義區基隆路一段180號8樓

8F,180 KEELUNG RD.,SEC.1,

TAIPEI,(110)TAIWAN R.O.C.

（請沿虛線對折後寄回，謝謝）